弦　月

【げんげつ／GENGETSU】

宮城 信博

沖縄タイムス社

弦月

宮城信博

沖縄タイムス社

目次

第一部

第一部　上井草《かみいぐさ》の月

口笛

慶応出の銀行マン石山さんが建てた二階建プレハブ造りのアパート、その一階に僕は住んでいた。部屋の入り口は、庭を挟んで石山さんの母屋に面していた。そして、入り口の反対側の大窓の外は一面の畑だった。大根とキャベツがいつ見ても、黒々としていかにも肥えた土の上に、洗ったような緑の葉を勢いよく広げていた。畑のずっと先に、高い竹むらに囲まれた小さな城のような風呂屋が見えた。漆喰塗りの白い壁面が屋根の黒瓦といい塩梅に調和していた。部屋からのこの眺めが僕は好きだった。

大根とキャベツはとても有難かった。夜、散歩の帰りにしょっ中失敬した。大根は、土の手入れがいいせいでごく簡単にスポッと抜けるのだった。長くて丸々とした甘い大根だつた。志村や田辺にもよく分けてやったし、又、夜に彼らが来て飲む時の肴にもした。ザクザクと薄切りにして塩で揉むと、あっと言う間に旨い漬け物になった。キャベツは刻んで、削りたての鰹節をかけて食った。そんな調理に関する一点においてのみ僕は一目おかれていたようだ。

ある時、「金の無い時にこぶ茶を一杯飲むと、まるで一食済ませたような満足感にひたることが出来る」と彼らに話したら、志村がたいへん喜んだ。「社会学的に参考になる。大衆操作研究の上でヒントになる」と言った。そして彼は〝ごぶ茶理論〟と命名した。

自称天涯孤児の志村と違って、田辺の田舎からはよく食い物が送られて来た。それらが届いた日は、僕の部屋で酒盛りになった。志村の部屋は汚なすぎるし、田辺の所は大家がウルサイというわけで僕の部屋なのだ。部屋の片付けや酒の準備や調理やらで、俄然みな張り切った。志村がその度に言った。

「盆と正月が一度に来たみたい」。

このいかにも百姓臭い言い草を、飛び抜けた秀才で、ハードボイルドタッチで、洗練された言葉を操る志村が言うのだから可笑しかった。

志村の間借り先は何の取り柄もなかった。我々の経済生活の上にもたらせてくれる物は皆無だった。柿が沢山とれたけれど、渋くて全く食えなかった。それで志村は、腹いせに麻袋一杯に柿を取って僕の家へ来て、ボール代わりにして三人で遊んだのだ。彼が投げて、僕と田辺がバッティングするのである。人通りの殆ど無い道だから、思い切ってバットが振れた。ボールは、いや柿は遠く風呂屋の煙突に向けて飛ばすのを理想とした。快心の当たりをすると、柿が砕けないことを知った。抜けるような感じで、スコーンと飛んで行くのである。そして、キャベツだか大根の葉むらの中にスポッと入って消えるのである。風がいつでも心地よかった。前方は三百米ほど先の風呂屋まで、左右はともに地平線かと思えるほどの遠くまで、青々とした畑が広がっていたのだった。

西武新宿線上井草駅近くに大きな八百屋があった。店の裏手側は原っぱになっていて、そこを商品の選り分けなどの作業場としていた。その辺りは僕の散歩コースの一つだった。

朝夕はおろか、夜中でも気が向くとうろつき歩いていた。要するに、時間が無限にあったのだ。

四年になると講義は殆ど出なくてもよかった。必要な単位は簡単に取れたからである。せっせとバイトで稼いでは、あちこち旅行して遊んでいた。そして時に、罪悪感にかられて発作的に本を沢山まとめて買ったりしていた。

ある日の朝早く田辺が駆け込んで来た。「信平ッ、本貸しェ〜」。東北弁丸出しだった。親爺が急に福島から出て来ると言う。それで、格好をつける為に本を貸せと言うのだった。

僕はどうせ読みもしないからと思い、全集物やらをどっさり持たせてやって、返さなくてもいいよと言った。そして、こうも言って付け加えた。「もう読んだから」。

それで、その日の昼はいつもの食堂で田辺抜きの僕一人で飯を食って、散歩に出たのだった。

秋晴れの気持ちのいい午後だった。

大体僕は、気分のいい天気の話とか、月がどうだったとか、そんな話をしょっ中友人達にしていたものらしい。というのもある日、あまり親密ではない級友の一人が寄って来て

「八重垣、い〜い月だ！」と言って上を仰いで見せた、そのことで知ったのだった。

田辺や志村と一緒にいる時に「い〜い月だ」を僕が常套句にしていたという話が割に広まっていたのが、それで判ったのだった。学生運動華やかな時に浮世離れした奴だ、というニュアンスで〝上井草の教祖〟という異称で自分が呼ばれていることも、その頃知ったのだった。

しかし、あの日は本当に良く晴れ渡ったいい日だった。

下駄の音が舗道から中空に舞い上がって響き、音楽を聞いているような快適な気分だった。

八百屋の裏手にさしかかった時に、その口笛は聞こえ始めたのだ。初めて聞くメロ

ディーだった。少し哀感を含んだいい知れぬ懐かしみのある、ゆったりとした曲だった。その上、口笛そのものが飛び抜けて上手なものだった。あれ程の口笛を聞くのも僕は初めてだった。我を忘れてその口笛に近づいて行った。

八百屋のオヤジと思しき男だった。職人刈りというのか、短い頭髪にタオルを巻いていた。白いスプリングシャツにカーキ色のズボン。ダンボール箱を手際よく動かしたり、中の品物を取り出したりしながら涼しい顔で、その男は朗々と吹き続けていた。あれくらい楽しそうに仕事が出来たら人生は素晴らしいだろう、とも思わせた。もっと言うと、その時僕は将来八百屋になろうかナとも思ったのだ。結局最高の楽器は人間の声だ、という言い方があるけれど、口笛はその上だ。言葉を伴わない分、潔くていい、とその時思ったのだ。金管と木管の中間的な音質と豊かなふくらみに完全に魅了されて、僕はその男の近くに立ち尽くして聞いていた。

彼は僕に気づいていたが、全く調子を変えなかった。メロディーがくり返されたので、何かの歌だということは判っていた。かなり時間は経ったのだろう。区切りが着いたところで僕はごく自然に彼に尋ねた。

「何という曲ですか」。反応は素早かったが、手を休めずに背中を向けたままだった。

「昔、満州で流行った……」。

肝腎の最後のところは聞き取れなかった。

あるいは言わなかったのかも知れないが、若しかしたら、彼も曲名は知らなかったかもしれない。

聞き直そうなどとは露ほども思わなかった。

とに角、それ程のいい天気だったのである。

手紙

家主の石山さんは銀行員らしく、折り目正しいおとなしい感じの人で、殆ど話をしたことはなかった。端正な顔立ちだった。

奥さんは背の低い小太りの人で、顔は十人並み以上ではない。

家賃を払いに行ったり、たまに、電話を借りに行ったりするから、最小限の言葉くらいは交わしていた。決して愛想がいいとは言えなかった。と言って勿論、性悪でもない。

女の子が二人いて、幼稚園と小学校の低学年。いつも庭の砂場で遊んでいた。

樹木らしい樹木や花卉類と言った物はあまり植わっていなかった。申し訳程度のコスモスや百日草等が少し咲いているくらいだった。

東京の郊外の地主の息子が建てた、ごく平凡なアパートだったと言えるだろう。

このアパートから百八十度の角度で、街道までの間に家は全くない。広々とした畑の、街道から向こうに小さな町が在るのだ。その町のシンボルが僕にとっては〝吉の湯〟の煙突だった。

そして、アパートの後は人家が連なっているのだが、どれも元は専業農家、と言った風な趣だった。一軒当たりの敷地面積はとても広く、柿や木蓮や椿が無造作に植えられていた。

その辺りを散歩して別に面白いとは思わないが、ただ流石に空気がきれいなのは気に入っていた。殊に秋の空は高く冴えざえとしていて、月の夜は遅くまでよく一人で歩き廻っていたのだった。

アパートの一階の門に近い方が僕で、隣は同年くらいの女が一人で居たのだが、これは後で妹さんが来て二人住まいになった。その隣が共同のトイレだった。

二階の、僕の上の部屋は大学院生か、どこかの講師のように見える男で、一人住まいだった。その隣はずっと空いていた。多分、その隣にやはりトイレがあるのだろう。

隣の女は幼稚園の先生で、福島の出身だった。色白く丸顔で無邪気そうな可愛い目をしていたが、丸々と太っていた。明るく、性格のいい女だった。田舎から届いた物を、時々お裾分けに持って来てくれた。

いつか柿を持って来てくれた時、彼女はこう言った。

「縁側に出しておいて冷えたのを、湯上りに食べるのが一番おいしいです」。

たまに、駅で会って一緒に帰ったこともある。

つぶらな瞳がキラキラとしていて、きっといい先生なんだろうと思った。並んで歩くと少し妙な気分だった。恋人とかガールフレンドなら、もう少しマシでないといかんとか、しかし、気持ちの優しい人だから何となく楽しくもある、とか……。

彼女の黒いオーバーコート姿は今もはっきりと思い出すことができる。少し太めの足にハイヒールなのだが、歩き方を研究したような節があって、なかなかそれはそれでいい形でもあった。彼女は歩きながら話す時、ほとんどこちらを見なかった。真直ぐに前を向いていつも微笑みを浮かべていた。

後で現れた妹さんは、少し上背があり、中肉だった。顔立ちは姉の方が良かった。いつか梶山が遊びに来た時、少し困ったことがある。梶山だが、僕はどこかで彼についてふれたことがあるだろうか。

肥後もっこす。背は僕と同じくらいで、つまり中背よりほんの少し低いだろうか、いや、僕は中背だろう。彼は太った恰幅のいい体つきだった。年は二つ僕より上だった。丸刈りだった。

時々、羽織、袴で大学に来たから、並んで歩くのがひどく恥ずかしかった。並外れた好色漢だった。

ある日曜の午後、彼はフラリと来たのだった。

隣に姉妹が二人住んでいるのを聞いた時、彼は即座に言った。

「おお、信平、呼んで来い、呼んで来い。遊びに来いって」。

いやあとか、まさかとか僕は答えたのだが彼は聞かなかった。まるで牛が突進するような勢いで猛然としているのである。顔を真赤にしていた。

「オイ、呼んで来いッて。呼んで来いッ」。

とうとう僕は隣のドアをノックすることになった。

砂を噛むような、という言い方がある。今思い出すと、四人が四人ともそんな感情だったに違いない。

呼ぶには呼んだけれど、ただそれだけのことだった。梶山は好色なクセに話が巧みなワケでもなくただ黙っているだけだったし、僕は僕で彼女らに申し訳ないという気持ちで一杯だったし、彼女らは気の利いた会話ができる性質《たち》でもなかったし、結局みな、重苦しい雰囲気に耐えているだけだったのだ。

あの時、僕は梶山を少し恨んでいただろうと思う。それまでのような何のわだかまりもない感情で彼女らに接することが出来なくなったような気がしたからである。

今、ふいと思ったのだが、若しかしたら梶山は、僕が考えたのとは違う感情を抱いていたのかもしれない。

六畳の、わりに新しい畳の部屋に、彼は二人の若い女がいるだけで、それだけで嬉しかったのかも知れない。

その悦びを黙ってかみしめていたのかも知れないのである。そうだった。彼にはそんな風な一面もあったのだった。


——二階の男と話をしたことはない。短く挨拶を交わすだけだった。

背の高い、いつもレインコートを羽織っているという印象の男だった。思慮深そうで誠実で真面目そうな感じだった。挨拶の時はいつも静かにニッコリと微笑んだ。

ガールフレンドなのか許婚者なのか、たまに女が訪ねて来るのを見たことがある。二人並んで出かけたり帰って来たりすることもあった。女もやはり長身で、細面の知的な感じだった。顔立ちは十人並みと言ったところだろう。

二人ともコート姿以外の格好は思い出せない。女が買い物袋にネギなど入れて、静かに微笑みながら彼に寄り添っている姿は、こちらまで何だかしみじみとした幸福感を覚えさせられるほどのものだった。ありふれた光景には違いない。しかし僕にはとても羨ましく、そして鮮やかに綺麗な場面として脳裏に焼き付けられている。

ある日。

出先から帰って来た時だった。郵便受けを何気なく見たのだ。ここの郵便受けは四世帯まとめて、門を入ると直ぐの、つまり一階の壁面に、四つに仕切った金属製の棚のような物が取り付けられていたのだった。階段のすぐ脇だった。

雨除けの蓋が勿論あるのだが、たいていの場合、新聞その他の物が、そのフタの外にはみ出ていた。それぞれに名前が貼り付けられていたのだったか、部屋番号だったのか思い出せない。

新聞以外の物が僕のそれに入っていたことは殆どなかった。

ところが、その日は入っていたのだった。

白い封筒できれいな字だった。しかし、僕の名前ではなかった。直ぐに分かった。なぜかすぐに分かったのだった。二階の男あてにあの彼女から来た手紙だったのだ。

配達人が何かのハズミで間違って僕のＢＯＸに入れたのだった。

僕はしばらく、それもかなり長い時間だが、その手紙を持ってじっとそれを見続けていた。古風な魅力的な字だった。ペン字だった。

やがて決心して、僕はそれを彼のＢＯＸに返さないことにした。つまり、開封することにした。

心臓が波打つのをはっきり感じながら、自分の部屋に入ったのだった。たいした用件ではないに決まっている。だから実害は無いはずだ。後になって、二人で少しの間不思議がって、それで終わりになるはずだ。僕は自分の犯罪的な、いや犯罪そのものの行為を正当化した。その抗し難い魅力的な文字がいけないのだ——。

美しい文字、というよりも、なにか遠い遥かな昔に誘い込まれるような、ほのかな匂いさえ漂うような感じのする字だった。

やがて五十年前にもなろうとする学生の時のあの瞬間の、めまいを覚えたほどのあの瞬間の自分の心持ちを、僕ははっきりと思い出すことができる。

鈴虫を飼ったことがありますか。

手紙の第一行目にこう書いてあったのだ。この一行を、僕は死ぬまで覚えているに違いない。

歯ブラシ

志村は隠居老夫婦の古い家の離れのような倉庫跡のような、六畳ほどの部屋を間借りしていた。屋根がトタンぶきで、雨の日はウルサイと言っていた。しかし、彼の屋根に落ちる木の実は「韻を踏んでいる」らしい。五・七・五や七・七で落ちるらしい。背が高く色白で愛嬌のある細い目を一層細めて彼は言ったものだ。「俺はあくまで優雅だなぁ～」。

京都生まれで大阪育ちの彼から聞いたセリフの傑作のひとつにこういうものがあった。

京都人が大阪人をバカにして「川下の水飲んではる」。

田辺は農家の一部屋だった。下宿だったか間借りだったか、今は思い出せない。「田舎もンは困ったもんだじぇ」と家主のことをよくからかった。田辺は福島の二本松の奥の正真正銘の田舎の出身だった。

しかし、桁違いの田舎もンは勿論僕だった。生まれも育ちも石垣島。彼ら二人は「浮世離れした」僕と知り合ってからは、石垣島をこの世の楽園だと信じ込んでいる。

僕らは早稲田の同じクラスで互いに顔は知っていたのだが、それほど親しくはなかった。

あるコンパで三人が上井草だと分かり、急速に親密になったのだ。一年の終わり頃だった。

志村は家庭教師の口を何件も持っていた。また、その他イロイロなバイトをこなしていた。だから、大学にはあまり出て来ないのだが、たまに彼が来ると、たちまち級友に囲まれた。それほど人気者だったのだ。

田辺は根がおとなしい極く平凡な学生だった。文学好きなところは僕と少し似ていた。志村や僕と違い、彼はあまりバイトをする必要のない身分だった。学生運動が爆発的に広がっていく直前の頃だったが、たまたま三人ともまるでそんな風潮とは無縁の場所にいたのだった。

個人の性向として、〝連帯〟や組織的なことが嫌いと言うか、それらを恥ずかしいと思うようなところが共通していた、と言える。

ある日のことである——。
「吉の湯」を出ると雨はすっかり上がっていた。なぜわざわざ雨の日に風呂に行ったのかと言うと、いつか尾形さんに貰った番傘をさして歩きたかったからである。

柿渋色の大きな傘で、握りの部分に巻かれている籐が黒ずんでいて年代物のような味がある。下駄は前年の秋口に北海道を旅行した時、網走で手に入れた、少し大きめの物である。時々履いて出歩いているから少しだけ歯がすり減っている。しかし、表に書かれた黒ぐろとした文字はあせることなく、くっきりと鮮やかである。——〝網走刑務所〟。

網走の小さな寺で貰った物だった。原生花園を見た帰り、僕は網走で泊まるつもりだった。黒い小さめの鞄一つを持って、北海道に来て一週間目くらいだった。

バスを降りると、あちこちで人に聞いて適当な寺を見つけて入ったのだった。

ご免くださいと何度か声を張り上げると、出て来たのが、四〇代半ばくらいに見える女だった。スラリとした、着物のよく似合う人だった。ハァと言ったかどうか、聞こえないくらいの声で、彼女はじっと僕を見て立っていた。

覚悟を決めて来ていたから、僕は割によどみなく言った。

「ひと晩でいいですから、今日泊めていただきたいのですが。学生で、旅行中の者です」。

彼女はほんの少しだけ眉根を寄せた。

「……」。

「……切り詰めて旅行しているものですから、申し訳ありませんが——」。

「あの、そういうことはしておりませんが」。

後の言葉が続かなくて僕は黙っていた。

少し間をおいて、やっと「勿論、ただ泊めていただくだけです。寝るだけです。それだけなんですがー」。

彼女は一層眉間のしわを深くした。

くい下がらなくてはいかん、と僕は自分を奮い立たせるつもりだったが、言葉に詰まっていた。

「それに、今日は誰も居ないのです。主人が出張の法事に行っておりますし——」。

誰も居ない……。それならなおのこと、と僕は思ったのだが、しかしそれは後になって考えたことだった。あの時はそんな余裕などなかった。無邪気に、ただ一晩の宿賃を浮かしたかっただけだったのだ。

ぼんやりと周囲に目を遣った時、初めて下駄箱の上に沢山の真新しい下駄が並べられているのに気がついた。そしてその各々に、網走刑務所と黒々と書かれているのを見たのだった。

「……これは」と僕が言った時、彼女は急に明かるい声で「あ、どうぞ、それ持ってらして下さい。差し上げます」。と言ってその一つを包みだしたのだ。

それから、あっと言う間に僕は外に出されたのだった。紙袋に入れられた下駄を手に、元来た道を引き返したのだった。

尾形さんは卒業して故郷の北九州の小倉に帰ることになっていた。家業の造り酒屋を継ぐことになっていたのだった。

男気のある人だった。法学部で、僕とは学部も違う上に、二年先輩だった。新宿伊勢丹でバイトしていた頃に知り合ったのだ。角刈りで色白。髭の剃り跡がいつも青々としていた。大柄な体つきだが優しい人だった。大学が一緒だと分かると、何かと僕に目をかけてくれていた。

その日、発送品の仕分けなどのバイトが終わって、僕は外に出た。

雪が降っていた。初雪だった。ああ雪だ、と思って上を見上げていたら、ジングルベルが聞こえてきた。イブだったのを知らなかった。

はあ、クリスマスだ、と思った。

一区切り付いた日だったのでバイト料を貰っていたのだが、少し淋しい気分で歩いていた。やがて、ヨウと言って尾形さんが追い着いて来た。

「どっか寄るの?」。オーバーコートに両手を突っ込んだままニコニコしながら近寄って来た。僕はとっさに出鱈目を言った。

「ええ、ちょっと紀伊国屋へ寄ろうかと」

並んで歩きながら彼は嬉しそうに「何買うんだ」と聞いた。

僕は何も考えていなかったから少し間をおいていい加減に「日本政治思想史」と言った。

「へえ……。どっから出てるの、それ?」

「岩波」と出まかせを言うと
「へえ? 岩波……。僕は大体岩波の新刊はリストくらいなら見てるはずだがナ。日本政治思想史……。そう、そんなのがあったの……」

しまったと思ったけれど、引っ込みがつかなくてそのまま店内に入った。

その後のことは忘れてしまった。何とかごまかしたのだろう。

いい加減なことを言うものではない、としたたか反省したことだけは憶えている。

尾形さんは尾崎士郎の〝人生劇場〟が大好きだった。早稲田が舞台のひとつだったのが一番の理由だったのだろうが、もともと任侠肌の人だったのだ。それに、後で考えたことだが、小倉という土地柄も何か関係がありそうな気がするのである。

あのあたりは〝無法松〟の出たところだし、また古くは軍都でもあったのだ。男臭いイメージの強い場所なのだ。今思い出してみると、彼はなかなかの男振りだった。

雨の日に、尾方さんの番傘をさして、網走刑務所の下駄を履いて風呂屋へ行く——という絵柄が僕の頭の中にずっとあったのだが、その日はじめてそれが出来たのだった。

アパートを出て傘を開くと、雨の音が予想したよりも大きく聞こえた。そろそろ秋の気配がして少し身のしまる心地だった。

城造りのような〝吉の湯〟の上の部分が正面に煙って見えた。

右も左も、黒っぽい土の上に大根とキャベツの葉が遠くまで広がって見えた。〝吉の湯〟の直ぐ手前はひとむらの高い竹薮になっていて、そのあたりを時折り白っぽい雨がサッと通り過ぎるように見えた。

竹薮の前を国道が走っている。車の交通量は普段から少ないのだが、その日は特にそう感じられた。トラックが一台左から右へ、そう強くはない雨の中を走って行った。

傘の柄の握り具合が僕を少しいい気分にさせた。下駄の音を聞きながら、ここは言わゆる武蔵野なのだ、と思った。

尾方さんの顔がチラリと浮かんだのが原因なのだろうが、あの時、自分が吉良の仁吉にでもなったような颯爽とした、あるいは極度に切迫したような気分を味わいながら歩いていた。その気分は恐らく、とてもいい加減な気分で大学に通い、バイトをたくさんこなして時々一人であちこち旅行に出て、という全く緊張感の無い生活をしていた自分を何かで穴埋めするようなものでもあったのだろう。

午後三時の男湯は僕一人だった。

僕は背中に彫り物を負っているかのような大層な気分でそこを占有していた。

あれほどしげしげと、また、あれほど偉そうに自分の裸を鏡に写して見たことはない。

両腋の下の肉をピクピクと動かしたり、肩を盛り上がらせてみたり、いろいろなことをした。時々、女湯から、桶の音が響いた。番台の婆さんはほとんど眠っていた。湯舟で首を突き出して犬かきもした。体を洗う時、女湯まで聞こえればいいとばかりに〝人生劇場〟をハミングしたりもした。吉良の仁吉は男じゃないか――。風呂を出るまで誰も入って来なかった。少し残念な気がした。〝網走刑務所〟を見て欲しかったのに――。

明るくなった空には、それでも雲がまだたくさん浮いていた。気が向いて、〝雑木林〟

でコーヒーを飲むことにした。風呂屋と駅の真ん中あたりにあるその喫茶店は、僕と田辺がたまに行く所だった。志村はほとんど来たことがない。それほど彼は忙しいのだ。

東京と言っても、駅前通りというものさえないほど田舎くさいこの街で、〝雑木林〟じゃシャレにならないと僕は思っていた。

何人か客がいた。学生風の男と、自営業らしい男達だった。

コーヒーを待つ間、入口の傘立てに置いた番傘を僕はぼんやりと見ていた。学生風の男は漫画本を読んでいて時々、ハハと笑った。

少し不健康そうな色つやでポッチャリ型の二十代半ばと思われるウエートレスは、相変わらず無表情で仕事をしている。

ガタンと音がして、前のめりによろけるような格好で男が一人現れた。

転んでしまいそうな姿勢をかろうじて立て直したが、もう一度前のめりになりそうになった。体勢を戻した後、彼はあえぐように何度も大きく息を吸った。五〇代半ばに見えた。浅黒い顔だった。

僕はニワトリを見ているような気がしていた。

彼は、たとえば松尾芭蕉がどこかに出かけるような装いだった。何と言うのか知らないが、あの楕円形の帽子を被り、黒い道行きのようなものを羽織り、白足袋に下駄だった。紫色の風呂敷包みを抱えていた。

気の毒だが、そういう和装が実に似合わない、と僕は思った。少なくとも着つけてはいない、と思った。店内の者は少しの間、その男を見ていた。静寂があたりを支配した。

自分を叱咤しながら声を出したのだろう。場違いの大きさで、彼は少しかすれた声で言った。

「こよみ要りませんか」。

わけが分からずに黙っている皆に向かって彼はもう一度言った。

「こよみですが。こよみ」。

彼はテーブルの上に風呂敷包みを置くと、それをほどいて一冊の白い薄手の本をとりだした。

「○○易学のこよみです。○○易学」。

○○の部分はよく聞こえなかった。運勢とかが書かれている物なのだろう。

学生風の男が「え～」と言った。

他の者はただ顔を見合わせただけだった。

ウエートレスが哀れむような目をした。初めて見る、彼女の表情らしい表情だった。暦売りの男は誰に焦点を当てるべきか分からぬといった面持ちで、ふり絞るような声で「六十円ッ」と言った。

それを機に、皆元の状態に戻った。

自営業らしい男達はなにごともなかったかのように喋りだし、学生風はマンガに目を向け、ウエートレスは皿を洗い、僕はタバコに火をつけた。

暦売りは、退き際を探りあぐねているようだった。多分その日が彼のはじめての商売の日であるにちがいない、と僕は見当をつけながら、少しやりきれない気持ちだった。

彼は黙ってそこを出て行った。しばらくして僕も店を出た。

吹き払われたように雲が無くなって、きれいな青空が広がっていた。

閉じた傘を杖にしながら、下駄を鳴らして歩いた。青々とした野菜畑の上を風が吹いていた。志村の家の方を振り返って眺めると、高い柿の木についたいくつかの実がそろそろ色づいていた。

暦売りはあれから何処へ行ったのだろうか、と思った。

アパートに帰ると、入り口の外に番傘を広げて干した。陽がよく当たって、直ぐに乾きそうだった。畳にごろりと大の字になって、しばらくあの男のことを考えていた。

彼はあの装束をどのようにして手にいれたのだろうか。ああいう業界では簡単に買えるのだろうか。絵や写真でしか見たことのない格好だったから少し不思議に思えた。

彼はそれまで何をしていたのだろう。自営業をしていたとはまず思えないから、サラリーマンか若しかすると地方役人のようなものか、あるいは教員だったかも知れない。

経済状態はどうだったのだろうか。強いて働かなくてもいい身分には何となく思えた。

ブラブラするよりはと、誰かに奨められたのだろうか。そしてある日、決断して準備をした。少し勉強もした。商売は全く初めてだから、人との応対が最も心配である。しかし何とかなるだろう。これもそれなりに意義のある老後の過ごし方かも知れない。

妻や子供達は何と言ったのだろうか。力を込めて反対するほどのことでもない——。家族のそれぞれがニュアンスの違いはあれ、「フーン」と思っただけだろうか。彼が家の者達に尊敬され威厳を保っていたようには思えない。

その朝家を出る時、彼はどのような心持ちだったのだろうか。新しい老後、というささやかだが何か希望の光のようなものを感じていたのだろうか。金だけのことでもない。人の運命にいささか貢献出来るかも知れない……。

この格好は似合っているだろうか。自信はあまりない。歩き方もこれまでと少し変えた方がいいかも知れない。有難みの感じられるような物腰や歩き方……。

おそらく、その日が彼の新しい門出の日で、そして多分、〝雑木林〟が最初の訪問先だったのではないだろうか。

ドアを開けて、その第一歩でつまづきよろけそうになった。辛うじて転ぶことはまぬかれたけれど、順調な出足とは言えなかった。

推測だが、彼はその後まっすぐに家に帰ったに違いない。元気をとり戻して次の場所に飛び込んだとは思えない。いろいろと反省することが多いし、また、呼吸もととのえなければならない。今日は諦めて、明日からの戦術を考え直さなければならない……。

首を少し前に突き出すようにして、唇をとがらせ、肩で息をして出て行った彼の姿をあらためて思い出し、僕は索漠とした気分になっていた。

五時頃だったのだろうか。入り口のドアを思い切りパンパーンと叩く音がした。と思うと同時に、女が一人飛び込むように入って来た。
パーマをかけたような頭髪は赤茶けてささくれ立ち、女にしてはひどく色が黒かった。
ヤセ型だが背は高く、ズボンをはいていた。彼女はいきなり
「ボシ家庭から来ました」と大声で言った。怒鳴ったと言ってもいいほどだった。一瞬わけが分からなかった。母子家庭なのかと考えたが、それでも何が何だか分からない。全く間をおかずに
「歯ブラシ買ってください」とやはり大声で言った。何かひどく怒っているような恐ろしく迫力のある声と、そして顔だった。傲然たる表情で首を廻しながら、天井や壁の方に目を向けたりしていた。
母子家庭というのはなにか法的に強制力のある、つまり制度上、これを言われると逆らうことの出来ないような言葉や概念なのだろうと、僕は瞬間的に思ってしまった。正直に言うと、すくんでしまったと言ったほうがいいだろう。「母子家庭」。聞き慣れないが文字ではたまに見たことがある。何か有無を言わせないような響きを持つその語感と彼女の凄味のあるふてぶてしい態度は、僕をして抗い能わざらしめるに十分過ぎるほど十分だった。

まさかイヤとは言わないよネ、という感じで彼女は余裕たっぷりに見えた。問題は何本買うかなんだよネ、という風にも見えた。

射すくめられたと言おうか、金縛りにあったような気持ちだった。

「いくらですか」と僕は思わず言ってしまった。その前から、彼女はすでに袋の中から何本か取り出していた。

「七百円ッ。三本セット」と相変わらず、こちらを見ることもなく、そのあたりの空気に向かって吠えているような様子で彼女は言った。

七百円とはチョット高いのではないかと思ったけれど、僕は気圧されるままに机の引き出しを開けて金を取り出していた。

三百円釣り銭を渡すと、乱暴にドアを閉めて彼女は礼も言わずに飛び出して行った。アッと言う間の出来事のように思えた。

僕はしばらく呆然としていた。

七百円は当時、一日分のバイト料に相当した。

世田谷の東北沢に住んでいた頃、つまりその二年前だが、そこから新宿に出て映画を観てコーヒー飲んで帰って来るのに丁度百円だった。小田急線で十円区間だったから、往復で二十円。名画座の早朝割引きが五十円。風月堂の早朝割り引きコーヒーが三十円で合計百円。

チョットどころではない。恐ろしい高額だ。

押し売りという言葉は知っていたが、それなのだろうか。

彼女は男のような顔つきだったが、ならず者の女房なのだろうか。あるいは社会的に永く虐げられてきた階層の出で、完全に開きなおった生き方をすることに決めて、それで日々の暮らしを立てているのだろうか。

それにしても自分の気弱さが恥ずかしい。

一言も、たった一言も僕は抵抗することが出来なかったのだ。


歯ブラシは前に二度、経験があった。入学したての頃、一人で上野駅構内を歩いていた。薄汚いベレー帽を被った小柄な男が近づいて来て「歯ブラシ要らない?」と声をかけられた。僕は一瞬たじろいだが、黙って首を横に振った。男は直ぐに去って行った。これが東京か、と思った。

二度目は、どこか大きな貨物仕分け場で深夜のバイトをしていた時だった。来ると直ぐ、そこの仮眠所で寝るのだが、午前二時に起こされる。それがつらかった。バイト学生が一〇人ほどいたが、起こされる度に必ず一人くらいは「寝かせてください。

もうやめますから」と言うのだった。僕も二度くらいはそう言ってから、やはりバイト料が欲しくて起きだしたのを覚えている。かなり率のいい仕事だったのだ。六時か七時だったかに終わるのだが、金を貰って帰る時は嬉しかった。二、三人連れ立ってコートに両手を突っ込んで歩いたから、あれは冬だったのだ。

山谷あたりまで来ると、多勢の男が屯《たむろ》していた。あちこちで焚き火が赤々と燃え盛っていた。

僕らは、短時間だがかなりハードな仕事をしてきたという実感をかみしめながらその中を悠々と歩いていたが、ある店のショーケースを見た時は本当に驚いた。ケースの中に〝犬テキ〟と書かれているのだ。

そのバイトもそろそろ終わりに近づいたある朝、焚き火の方から汚い格好の男が僕に近づいて来た。彼はニコニコしながら「歯ブラシ要らない?」と言った。

信じられないことだが、彼が上着の内ポケットから取り出して見せたのは、一本の使用中の歯ブラシだった。

三度目に僕は歯ブラシを買わされたことになる。

あの調子だと、彼女は一日に相当数の歯ブラシを売りつけていることだろう。たいていの人間はそれに届する他ないはずである。

あるいは若しかしたら、たいていの人間はそういう手合いに慣れていて、追い返すことができるのだろうか。だとしたら、自分は何と意気地の無い、世間知らずの人間なのだろう。

普段あまり感じることのない自己嫌悪の苦い味が体にしみわたっていった。

尾形さんがこれを知ったらなんと言うだろうか、とふと思った。忌々しさが募ってきた。しかし同時に、彼女に敬服するような感情もどこかにあるのを自覚した。

風呂屋の方角に目を向けると、灯りが点っていた。かなり暗くなったキャベツ畑の上を風が微かに渡っていた。

彼女はドアを開ける前に、あの堂々たる番傘を見て何も思わなかったのだろうか。その持ち主について思いを巡らさなかったのだろうか。そして何よりも、網走刑務所の下駄は見なかったのだろうか、と僕は思った。

九官鳥

西野建設の資材置場でバイトしていた時のことだ。

ヤードと呼ばれているそこで、生コン打ちの際に使用される鉄製のサポートをきれいに磨くという仕事だった。サポートにくっ付いたセメントをそぎ落として拭き、次の現場で使い易くする為だ。一日に何百本も扱っただろうと思う。

十数名の学生がいたけれど、僕が一番の古株だった。一人だけ学生ではない青年がいた。

現場主任の三十代の男は、次第に自分の仕事を僕に任すようになり、よく寝そべって週刊誌など読むようになっていた。

京王線の下高井戸にそのヤードはあった。

比較的に楽な仕事ではあったが、サポートを何本かまとめて肩に担いで運ぶというのが少しキツかった。

夏だった。

カンカンと軽い音を響かせてハンマーでサポートを叩いたり、金具でそぎ落としたり、と単純な作業だから、雑談しながら充分できる仕事だった。

僕は主任に代わって、数量を管理したりする仕事も加わったので、他の連中よりは少し忙しかった。だから、今思うと、賃金も少し高くなければいけなかったのではないか。

あの頃そんなジンブンは無かったのだ。ジンブンとは沖縄語で、知恵とか考えとかを表す言葉である。

ヤードはかなりの広さだった。そのヤードに沿って西側に二階建ての木造家屋があった。

ある日、その二階に一人の若い女のいることが分かった。何がキッカケだったのか知らないが、作業している僕らと彼女との間でふざけ合いが始まった。水商売の女に違いなかった。学生ではない方の青年が口笛を吹いたり、大声で声をかけたりすると彼女は窓際に出て来て、僕らをからかうのである。シュミーズ姿で、片足を低い窓にかけて、太股を見せながら何やら言ったりするのだが、言葉は遠くてよく聞きとれなかった。あの青年を中心にして、学生達が彼女の挑発に対して色々と声を出して応じるのだった。

明くる日も次の日も何分間か、それが繰り返された。

何日か目にそれを知った現場主任は俄然張り切って、あの青年に代わって彼女を引っ張り出す役を担うようになった。現場主任は東北の出身らしく、それまであまり出さなかった東北訛りを思い切り丸出しにして、彼女といろいろやりとりした。彼女も東北の出だったのだろうか。彼女はしかし、あのポーズ以上の姿態を見せることはなかった。のんびりとしたバイトだった。

昼飯は近くの一膳飯屋で食った。

店主は六十代くらいに見える親爺だったが、僕には初めてと言っていいイキのいい東京弁を使っていた。ある時僕が「江戸っ子ですか」と聞いてみたら「ウン、そう。オレが神田でアレが築地」と言って、奥で仕事をしている女房を目で示して見せた。鯖の味噌煮やトンカツや、何でも旨かった。殊に漬物が楽しみだった。

その店に一羽の九官鳥がいた。初めて見る鳥だった。真っ黒な羽がつややかできれいだと思った。恐るべき鳥だと思った。人の声を真似るとは知識として知っているだけだったが、人間の言葉をあれほど明瞭に大きく発声できるとは思いもよらないことだった。

いろいろな言葉を知っていた。かなり長いセリフを言うことも出来る鳥だった。口笛の音を、きれいなメロディーで聞かせることも出来たのだった。時にキタナイ言葉を発して僕らを驚かせたり、喜ばせたりもした。

どんなバイトをしていても、昼飯時ほど待ち遠しくて楽しいひと時というものはない。僕らはその食堂に行くのがとても好きだった。

ある日、カウンターで注文の品を待っていると、あの学生ではない青年が来て側に座った。

ひどく色の黒い小柄な男だった。悪い人間だとは思えないが、チンピラ風なところはあった。年は僕らと同じくらいだろう、と思った。仕事を転々と変えているように見えた。その現場にしても、正規の社員ではなしに僕ら学生と同じバイトだったのだ。だしぬけだった。何か丼物を食いながら、顔も上げずに彼は言ったのだった。

「アンタ石垣島だって?」。

誰に聞いたのだろうと一瞬不思議に思っていると「オレの女房も石垣島の出身だヨ。森田洋子って知らない?」と言った。

本当に驚いた。絶句した、と言ってもいい。

その時、九官鳥がひと際するどく「バカヤロー、バカヤロー」と大きく喋った。

いろいろな感情が一緒くたになって湧いてきた。

彼女が東京に出て来ていたということも知らなかったから、それも驚きだったが、何よりも第一に、結婚していたということに驚いた。しかし本当のことを言うと、もっと驚いたのは、こんな男と結婚したのか、ということだった。それは驚きというより、やりきれないほど悲しい、という感情だった。

彼女は石垣の高校の一年下だった。やや小柄で、色白の綺麗な顔立ちだった。親の仕事の関係で、金沢からはるばる転校して来たのが中学生の時だった、と何となく誰かから聞いていた。親がどんな仕事だったかは知らなかった。

大学が決まって、上京の準備をしている頃に突然、彼女から電話を貰ったのだった。何の接点も無かったから、勿論、口を聞いたこともなかった。もの寂し気なおとなしい性格だと思っていたから、その大胆さに驚いた。彼女は評判の女生徒だったから、その入学時には直ぐに僕も知ったのだった。

南国の太陽が強烈だったのだろうか。彼女は見る度に、眩し気に眉根を少し寄せていた。少し憂いを含んでいるようにも見えた。

女生徒からの電話だから、先ず、取りついだ家人に対して恥ずかしかった。受話器を取ると、彼女は何も言わずに黙っていた。しばらくして、小さく泣いていることが分かった。途方に暮れて、僕も黙っていると「好きなんです」と蚊の鳴くように言った。

僕はひと言も発することが出来なかった。彼女は同しことを二度か三度くり返した。僕の方から受話器を置いた、と思う。

僕はそれまで、女生徒と話をしたことがない。口を聞いたことさえなかったのだ。恥ずかしさに顔がほてり、頭が混乱した。

一週間ほど落ちつかない気分だった。なによりも、ひと言も言葉にできなかったことが申し訳なくて、彼女に対してたいへん悪いことをしてしまった、と思った。

十日くらい経ってからだと思う。つい先日彼女の父親が亡くなった、ことを聞いたのだ。

僕は二、三日後に東京に向け出発することになっていた。

咄嗟に、ごく自然に、お悔やみに行こうと思った。

彼女の家は直ぐに分かった。古い大きな家を買ったか、借り受けたのか、一軒まるごとだった。

玄関をさがしながら「ご免下さい」と声をかけた。

中からではなく、彼女は家のあちら側の角を廻って出て来たのだった。

泣きはらしたような目だった。

「お父さんが亡くなったらしいな」と僕は言った。

彼女は頷きながら、無理に笑顔をつくろうとした。

「この前はすまん」と言うと
「すみません。ご免なさい」と言い
「忘れて下さい」と続けた。そして
「早稲田行くんですよネ……頑張って下さいネ」と言った。

僕はやっと「ありがとう、元気でネ」と応えた。

それから二年経っていたのだ。だから、彼女は上京して直ぐに結婚したことになる。未だ二十歳になっていなかったかも知れない。

虚ろな気持ちで箸を動かしながら彼をあらためて眺めていた。

どんな経緯を辿ったのだろうか、とそればかりが頭をよぎった。

入学した後、たまに彼女のことを思い出してはいた。母親とつつましく暮らしているのだろうか、くらいに思っていた。兄妹達がいるようには思えなかった。

彼はサッサッと食い終わると、楊枝をくわえて立ち上がり、九官鳥の大きな籠に顔をくっつけるようにした。いつも何か言葉を教え込んでいる風だった。

彼が何か言葉をくり返していたが、僕には聞こえなかった。

九官鳥は珍しく小声で、彼に「バカヤロー」と言った。

森田洋子の娘が大型新人小説家としてマスコミに出るようになったのは二十年くらい前の事だった。テレビで見て知ったのだが、母親によく似ていた。あの男の面影は微塵も無かったから、多分、離婚して別の男の子供なんだろうと思った。幸せになれて良かったと心から思ったが、それ以上に、あの男と別れられたことが僕にはもっと嬉しかった。

虹

学割の周遊券を使って十日ばかり北海道を旅行した。

層雲峡ではユースホステルに泊まった。自転車を借りて滝巡りをした。銀河の滝や流星の滝を眺めて遊んだのだ。

そろそろ秋になりかけていた。少し色づいた樹々の中で、水は勢いよく、大きな落差で落ちていた。

自転車を横たえると、草の上に足を投げ出して座り、長い間滝を眺めていた。自分まで何処かに吸い込まれて落ちてゆくように感じていた。

僕はバイトと旅行をくり返していた。大学にはだからあまり行ってはいないのだ。二人以上で旅をしたことはない。人には言えない色々な恥ずかしいことを僕は平気でしていたのだ。

たとえば寝台車で寝る時など……。寝台券を買わずに乗る。寝台車両に行き、空いているベットを見つけると勝手にそこで寝る。キップを持っている人が来て「あのー、すみません、そこは私の番号だと思いますが」などと言うと「あ、間違いました。ご免なさい」で引き下がるのだ。

少なくとも、本人が来るまでの間は寝ることができるし、また、朝まで誰も来ないこともある。車掌がキップの点検に来る時は、勘で分かるから、移動するか、トイレに行くかだった。一、二度は車掌に謝ったこともある。

そういうことは一人旅でしかできないのだ。

無賃で寺に泊めて貰ったことも、猟宿に泊めて貰ったこともある。野宿したことは無い。

僕は汽車の窓から風景をぼんやり眺めるのが好きで、何時間でも飽きない性質《たち》である。山や森や林や田や畑や、人家や街並みや川や海や湖や、トンネルの中で窓に写る自分や他人の顔や駅の様子や、面白くないものは無いのだ。

駅弁も楽しみの一つだった。また、短時間ですする、ホームでの立ち食いそばも好きだった。

北海道は二度目だった。一度目は二年前だ。同郷の親友が札幌の医大に行っていたから、彼の下宿に一ヶ月ほど居候させて貰ったのだった。あの時は金が無くて、札幌から出たことは殆どなかった。市内を歩き回っていたのだ。

親友が大学から帰ると、一杯やるのが楽しみだった。

札幌で医大生と言えば、あの頃は大変なモテようで、飲み屋の女が彼の下駄箱に小遣いをいくらか入れて置く、というようなこともあったくらいだった。だから、彼と二人で時々は街に出て飲むこともあったのだ。


何ヶ所かの滝を見てユースホステルに帰った。その日は大勢の学生が泊まっていた。風呂場へ行った。二、三名の学生が打ち放しコンクリートに腹這いになっていたので少し驚いた。

仕切りの壁の下が十センチ程あいていて、そこから女湯を覗いていたのだった。しかし、それではせいぜい足首くらいしか見えないことが分かっていたので僕はしなかった。

その代わり、と言うのもヘンだが、僕が他の方法を発見して試していると、彼らはたちまち僕の方法を真似て小さな歓声をあげた。

板壁の継ぎ目の辺りの一番弱そうな所を力を込めて押すと、微かな隙間ができるのだ。押し続けることは不可能で、板は直ぐに元に戻る。しかし、その細い隙間から、湯煙の中にぼおと女子学生が一瞬だけ見えるのだった。

美幌峠へ行ったのはその翌日だった。

雨が降ったり止んだりだった。バスを降りると、何軒かの小さな土産品店が両側に並んでいた。

僕はいつもの黒い鞄を下げていた。傘は持っていなかった。

また少し降りだした雨を避けるつもりで一軒の店に入った。買う気の全くない僕を見て、店員は愛想笑いをした。アイヌの木彫りや笛やこまごまとした物がびっしりと店を埋めていた。

バスを降りたのは僕一人だった。その店ばかりか、他の店にも客はいないようだった。退屈していたのだろう。店員は話したそうに近づいて来た。二十歳くらいに見える女だった。背が高く色白で、少しソバカスがあった。素直な、正直そうな笑顔だった。

「今頃はいつもこんな天気なんですよ」と彼女は言った。

「そうですか」とだけ僕は応えた。見るともなしに首を動かして品物に目を遣って彼女をふと見ると、じっとこっちを見ていたらしい目が少し恥じらった。

「学生さんですか」と彼女は聞いた。

「ハイ、あと二、三日北海道にいるんです」と僕は言って、彼女の正面に向き合った。

白い顔に微かに赤味が差していた。

店番は彼女だけで、他の者はいなかった。

若い女と話をしたことはほとんどなかったから、僕は少し胸をはずませていた。何か話をしたいと思ったが、全く何も話せなかった。

「アルバイトですか」といきなり僕は聞いた。学生なのだろうか、と思ったからだ。一瞬の間をおいて彼女は
「はい、そうです」と言い、また少し顔を赤らめた。その頃、学生が名刺を持つのが流行っていたから、僕もそれを持っていて少し得意だった。鞄から名刺を出して自己紹介した。

彼女も名乗ったのだが、姓はよく聞こえなかった。ナントカるみ子と言った。会話はそれだけで途切れてしまった。

雨が上がっていたので、店を出ることにした。少し名残り惜しい気がした。彼女に見送られて店を出ると、峠の頂上の方からたいへん大柄なアイヌの男が近づいて来た。彼らの民族衣装に身を包んだ、年配の男だった。顔じゅう白い髭に覆われていた。

彼はずっと、すれ違う時まで、僕の目を見続けていた。とても静かな目だが、なにかとてつもなく怒っているような、悲しんでいるような、そしてそれを極度に押し包

んでいるような、そんな目だった。それまでに体験したことのない、ある威厳のようなものに圧倒されて、僕は会釈することも、微笑むことも出来ずにすれ違った。

振り向いてみると、彼はさっきの店に入って行った。関係者なのだろう。すると、〇〇るみ子さんと縁続きなのだろうか、と僕は思った。

頂上へ来ると、アッと声を出すほどに雄大な景観が展開し、眼下に屈斜路湖が雨上がりの静かな光を放ち、遠い山並みは濃淡をつくってくっきりと浮かび、近くの草原が手入れの届いた芝生のように広がっていた。

八方、視界を遮るものは何もなかった。街並みや人家や車や人工の物は一切見えなかった。僕は何度も大きく息を吸い込みながら立ちつくしていた。鞄を持ったままだった。

しばらくして、後で声がした。

「虹が出てますね」。彼女だった。

あのアイヌの爺さんと店番を代わって出て来たのだろうか。るみ子さんはこれまで見せなかった晴れやかな笑顔で、僕のすぐ後に立っていた。

湖を大きくまたいで鮮やかな虹がかかっていた。なぜ気付かなかったのだろうか。

彼女が来てくれた嬉しさに僕は息を弾ませていた。

「きれいだね」とやっと言い、鞄を下ろした。

「あ、二重ですネ、二重の虹ですネ」と彼女が少し大きく声を上げた。

いつの間にか虹は二重になっていて、しかも、先ほどよりさらにくっきりとした濃い色になっていた。

彼女は僕にくっつくほど横に来て並んでいた。息をのむほど美しい景色に、二人して呆然とした。しばらく二人で立っていた。

できることなら何時間でもそうしていたい、と僕は思った。

帰らなければ、と言ったのは彼女だった。

並んで歩きながら、もう一度店に寄って何か買おうかと考えた。だが、あのアイヌの爺さんの顔が浮かび、とてもそれは憚られることのように思われた。

店の前で彼女と別れた。

「ありがとう」と僕は言い、「お元気で」と彼女は言った。平凡だが魅力的な顔だ、とその時思った。

東京に帰って、四、五日目に彼女から思いがけない小包が届き、中に手紙が入っていた。アイヌの男を型どった木彫りの人形だった。黒褐色で二十センチ程の高さだった。

手紙は、ごめんなさい、と言う詫び状のようなものだった。

実は自分は学生ではなく、アルバイトでもなく、ずっとそこで働いている者である、と言う内容だった。彼女はそれだけを言いたかったのだ。その過剰な正直さが痛切に僕を打った。

アイヌの木彫り人形は、捜せば家の何処かにあるはずだ。結婚後、女房には「北海道で買った」と言った。

伝七

冬休み中だった。僕はバイトも休みの日だったので、日中に伝七が来ることになっていた。

彼とはしょっ中、互いの家に行き来して泊まったりする間柄だった。沖縄本島読谷村の出身で、大学に来て知り合った。彼は経済で僕が政治だった。沖縄同士ということも勿論あるが、最も親しい友人、と言えた。

背は僕よりわずかに低く、少し細身と言えるだろうか。色は僕より黒く、目が優しい。顔立ちも精神も、すくっとした人間だった。邪心というものがまるで無く、穏やかで真正直な男だった。少し物足りないくらい淡白でもあった。殆どの人間は、話を面白くする為に少しくらいはオーバーに言ったりするものだが、そういうところがない。見栄を張ったり、妬んだり羨ましがったり、憎んだりというような感情の極めて希薄な人間だった。僻むとか優越感とか劣等感とか、また意地悪さとかの極く当たり前の人間らしい本性の珍しいくらい見られない性格だった。かと言ってしかし、聖人君子のような男では勿論ない。勿論と言ったのは、だとしたら僕などが付き合える、あるいは付き合って貰える、ワケがないからである。

パチンコで大損したり、トランプで負け込んだり、僕に誘惑されて飲み逃げしようとしたり（これは失敗したのだ）、笑い話が大好きだったりの、たいへん面白く楽しい人間なのである。それにも拘わらず、彼のことを話そうとすると、先述のようなホメ言葉の羅列になってしまうのは、多分、僕が随分悪い人間だからだと思う。

彼はまた、格好つけたり、衒ったりすることの無い人間でもあった。感情や感性が純朴であるのと全く同様に、その表現もまたすっきりとして誤魔化しの無いものだった。

ヤマトの街路樹は大木で立派である、と二人で話をしている時、自然に沖縄のそれに話が及んだ。沖縄で大木の街路樹は難しい。

それで、例えば中央分離帯にはどういう物を植えればいいのかという問題になり、少し考えてから彼はこう言った。

「萱《かや》がいいと思うんだよナ……」。

「……？」。

「萱——。萱が青々として風に靡《なび》いているのは大変好きでよ、いいと思うんだがなァ」

真面目な涼しい顔でこう言ったのだ。

確かに、ある程度は言えるかも知れない。そういう景色は僕も嫌いではない。しかし、いくら何でも、街路樹の話をしている時に萱が出てくるというのはあんまりじゃないか。と、思ったけれど、つい反対はできなかった。彼が言うと、反対したり疑問を表明したりすることが僕には出来ない場合があったのだ。

金城伝七はそういう人間だった。

その日彼は、僕に借りた本を返しがてら遊びに来たのである。

部屋の真前に広がる大根やキャベツの畑を見るのが彼はたいへん好きだった。特に大根の成長について、来る度に何か言っていた。

「今頃が一番美味いんじゃないか」。彼は腕組みしたまま畑を眺めてそう言った。

大根の若葉が出だす頃から、間引きと称して僕はそれを取って来ておひたしにしたり、塩で揉んだりして食っていた。そして、小さな根が出てくると、それは味噌を付けて食うことにしていた。勿論、生である。それらのどれも、伝七は旨いと言っていた。つまり、僕らは大根の一生を味わっていたのだった。

「今頃が一番旨いんだよナァ」と彼はもう一度言った。

しばらく雑談しているうちに思い出したように、伝七が言った。

「米田さんが、近いうちポーカーやろうと言ってたよ」

おお、やろうじゃないかと僕は直ぐ言った。「今から行こう。米田さん居るかな？」急な展開だったが、彼も好きだから一も二もなく出かけることになった。伝七の家は西武池袋線の東長崎に在った。

米田さんは、伝七の間借り部屋の隣を借りている某私大工学部の学生である。大分の男で、僕らより二歳上だった。大柄で喧嘩の強そうな、ヤクザ風の学生だった。角刈りで、目が少しつり上がっている。大学では空手部だと言っていた。僕らの何倍も勝負事が大好きで、競輪、競馬、マージャンと、遊びなら何でもの男だった。いつかパチンコを三人でしたことがあるが、彼はもの凄い形相で台に挑んでいた。乱れ打ちとか、しだれ柳打ちだとか、色々な名前をつけた打ち方を僕らに見せてくれた。口の聞き方も、凡そ学生らしくない柄の悪さだった。

伝七の家へ行く度に、必ず彼が入って来て一緒になるのだった。

伝七の向かいの部屋に四十代かと思われる女が一人で越して来たら、米田さんは直ぐに親しくなった。僕はトイレに立った夜中に、彼の部屋からその女が出て来るのを見たことがある。

この前、ポーカーで僕が一人勝ちしたのを彼は大変悔やしがっていたから、その仕返しがしたかったのだろう。

僕も伝七もパチンコとトランプはやったけれど、それ以外の遊びは知らなかった。米田さんは所在無げに腕を組んで二階の窓辺に座り、夕方の往来を眺めていた。ポーカーは米田さんの部屋でやることになった。伝七の部屋より二畳広かった。米田さんはドテラを羽織り、大きな背中を丸めてカードを切り始めた。驚いたことに、あの女がドアを開けてお茶を持って来た。公然たる態度だった。小柄で貧相な、色々な過去がありそうな顔と言うんだろうナ、と僕は思った。

そもそも、この木造二階の家は上井草の僕のアパートに比べて、何か猥雑で得体の知れない空気に覆われていた。二階は四部屋だが、伝七の斜向かい、つまり米田さんの向かいの部屋には小柄で色黒で唇の厚い若い女が居た。近くの工場で働いていた。その彼女を訪ねて、休みの日などに同年らしい女がよく遊びに来ていた。決まって着物姿なのだが、背の低さもあってか、あまり似合わないと僕は思っていた。その若さで誰かの妾だと米田さんに聞かされた時は、何か痛々しい、世の中のある部分を知らされたような薄苦い気分を味わった。

この家のそのような雰囲気を、伝七はまるで意に介さず、何処か高原の別荘にでもいるかのような顔で暮らしていたのだ。

ポーカーは一進一退、誰が勝つともなく続けられた。

「エイ、この野郎」とか「ホレ」とかの声を発したり、かと思うと、押し黙って凄味を利かせる演出をしたり、米田さんは相変わらずだった。僕は時々軽口を叩き、伝七は下手な冗談を言い、時間はたちまち過ぎて行った。適当な時間に出前でも取るつもりだった。

米田さんの出身地、中津をモジって僕が「米田組長ナカツ飛ばずかッ」と言ったのをキッカケに、それぞれの故郷を揶揄するジョークを飛ばしながらやっている時だった。

少し勝ちの目立ってきた米田さんが「金城は読谷村宇座だからナ、ウザッ。ウッヘッヘッ、ウザだってヨ、ウザッ」。

伝七は、どうと言うこともない顔だった。しかし、米田さんはしつこかった。「ウザあ～、ウザッ。全くよう、そんなのありかア、ウザなんてようッ」。

伝七が珍しく、少しムッとしたような顔つきになった。それが却って面白いらしく、米田さんは「ウザッ」をくり返した。

一瞬だった。伝七が鋭く、あたりの空気を振るわせた。

「エーヘャー、カシマサヌッ。ヌーガ、シッチュー××××××」。

〝エイツ、ヤカましいッ。何だッ、しつこく××××××〟の沖縄語だが、後の方は僕にも分からなかった。初めて見る伝七の顔だった。頬を赤らめて怒った顔だが、しかし端整さは失っていなかった。米田さんは僕の何倍も驚いたようだった。ひと言も発することが出来なかった。ドテラに首を引っ込めるようにして、ますます丸くなった。しばらくの間、静まり返った。伝七の気迫が、まだその辺りに漂っていた。

「終わるか」と僕が言って、散会になった。

駅前に出ている屋台のオデン屋にいつか入ってみたいと思っていたから、伝七を誘った。並んで歩きながら、僕は少し恥じ入っていた。米田さんを途中でたしなめるべきだったのだ、という悔いである。自分の意気地の無さが、憂鬱な気分を深くさせた。

さっきの出来事には全く何も触れずに歩いた。オデン屋に客はいなかった。腹が減っていた。熱燗を飲むと、たちまち二人していい気分になった。伝七はいつもの伝七の顔になっていた。
蛸をしゃぶりながら、「オデンは旨いッ」と僕が言うと、大根を箸で割っていた伝七が、世にもしみじみとした口調で
「オデンの大根くらい旨いものは無いなぁ」と言った。

○園《その》

ある時梶山に誘われて、当時農林次官をやっていた代議士の宿舎に行ったことがある。十人ばかりの学生が梶山に動員をかけられて来ていたのだった。他の大学の学生が半分くらいだった。

次官の話は何ひとつとして憶えていない。

ただ、恐ろしく芝居がかった光景だけが忘れられないのだ。

始まってしばらくして、一人の学生が入って来た。彼は部屋の入口の敷居の辺りに両手をついて膝まづくと、深々と頭を下げ
「○○でございます。ただ今参りました」と言った。

歌舞伎俳優のような声と所作だった。

次官は「ウン、可愛い奴」という風な顔をして見せた。

大臣にはなれないナこの人は、と僕は思ったのだった。

後で知ったのだが、梶山は〝新保守派結集〟と銘打って、その集まりを呼びかけたのだった。僕にはそれを言ってなかったのだが、理由は分からなかった。

そうだった。あの〇〇でございますの男は最初に会った時、梶山が僕に「会社作りの名人だ」と言って紹介したのだった。

〇〇は嬉しそうに鼻をピクピクと動かした。〇園《その》だと、今思い出した。ナントカ園と言うのは鹿児島に多いということを後で知った。

〇園は小柄だが、色黒く強そうで、また、クセのありそうな顔で、唇を無理に引き締めているような感じの男だった。角帽をきっちりと被り、カバンやブックバンドではなく紫色の風呂敷に本など包んで持ち歩いていた。

初対面の時だったと思うが、彼はズボンのバンドに吊り下げている小さなものを取り出して見せた。将棋の駒だった。

「みんな王将とか飛車とか持って歩いているが、俺は〝歩〟なんだ。世の中の〝歩〟になりたいと思ってるんだ」と、また鼻をピクピクさせた。

将棋の駒を持ち歩くなんて、そんな子供じみたことをする奴に会ったことはなかったが、〝みんな〟と彼は言ったのだった。

「俺は日本史を書き変えたい、と思ってるんだ。今の教科書はヒドい。偏っている」と彼は言った。

梶山は頼もし気にうなづいて見せていた。

この二人は、これまでに何十回もこうして誰かに紹介したのだろう、と僕は思った。
○園は手始めに鉢植えを商う会社をやっている、と言った。
彼は法学部で梶山のクラスメートだった。

鹿児島と熊本という親近感もあったのだろう。何よりも、時代がかったところが共鳴し合ったのに違いない。

この二人が並んで歩くと、国士二人が行く、という具合いだった。

ある時、僕は○園の会社を覗いて見ることにした。大学の帰りに立ち寄ったのだ。高田馬場駅近くだった。大通りに面した、間口も奥行きも一間半ほどの店だった。奥の隅に机があって、○園が座っていた。

僕を見た時、○園はすぐには分からなかった。客が来たと思って、嬉しそうな少し卑しい笑顔になった。やや間があって
「いやあ八重垣じゃないか。いやあく」と迎えてくれた。

見回すと、十ばかりの鉢植えが並んでいた。これで商売になるのか、と僕は全く知らない世界に踏み入ったような不思議な気持ちだった。

「どう？　売れてるか」と聞いてみたら、「いやあ、ボチ〱」と答えた。二ヶ月になると言っていたが、僕は、全く売れてないんじゃないかと見当を付けた。

「ン、一人でずっと座ってるんか」と聞くと、

「いや、社員が一人いるんだが、今出かけている」と言った。

大学にはほとんど出ていない、と彼は言った。

何だか急に哀れな気がしてきたので、僕は思ってもいなかった買い物をすることにした。高い物でもせいぜい一万円の値札が付いているくらいだったからだ。僕は五千円の物を指差して「コレ買うよ」と言った。○園は驚くと同時に、子供のように嬉しそうな顔になった。「エッ、買ってくれるの？　いやあ〱」。

若しかしたら、本当にこれが初めての売り上げではないのか、と思うほどの喜びようだった。

僕の背丈くらいの観葉植物だった。

二月ほど前に父方の叔父が渋谷の大山町に家を新築したばかりだったので、そこに届けさせることにした。

「都内なら何処でも運ぶヨ」と言った。本当にこれで成り立つものなのだろうか、と思った。

五千円は当時の月あたり生活費の四分の一くらいで、痛くないことはなかったが、バイト料が入った直後だったので気分が良かったのだ。翌日、叔父から連絡があって、大いに礼を言われた。

○園はそれ以後、僕に愛想が良くなった。僕が時々そこに顔を出すようになったのだった。

彼の家は代々、薩摩の御典医の助手のようなことをしていたらしい。西南戦争の時、曽祖父は西郷の側を離れず、ずっとその体調管理を務めた、ということだった。

「医学に行こうと思っていたが、日本の歴史教育があんまりだから文系にしたんだ」と言った。

「琉球のことはよう分からんが、チョット悪いことしたよね、薩摩は」とも言った。面倒だから、と僕はただ鷹揚に笑って見せていたが、ひと言だけ言ってやる気になった。

その当時仕入れたばかりの知識だった。

「君のところは凄いよナ、鹿児島は。朝鮮から陶工引っ張って来て色々作らせて、そ

れを薩摩焼にしたんだからナ」と言うと、彼は
「う〜ん、そうも言えるかナ」と応じた。まだこれからだ、と僕はここぞと踏み込んで続けた。
「琉球芋持って来て薩摩芋にするしナ。宮古上布や八重山上布のことを薩摩上布と名付けたしナ。全くようやるよ、薩摩は」。
○園は唖然とした顔になった。後段の部分は全く解からないようだった。琉球と薩摩のことは、その後話題にならなかった。
その店で客を見たことはなかった。

また、一人居るはずの社員を見たこともなかった。

たまに僕が行くと、○園は喜んでお茶を出した。肩に力が過剰に入っている割に案外可愛気があって、僕はだんだん彼を見直すようになっていた。しかしどう見ても彼は、梶山が言うような〝会社作りの名人〟のようには思えなかった。

なにごとにもオーバーな梶山らしいと言えばそれまでだが、ちょっと度が過ぎる、と僕は思った。
○園は言わないのだが、何か事情があって金を作らなければならない立場にあるように感じられた。アルバイトなどではとても間に合わないほどの額の金が必要なので

はないか、と僕は思った。ふいに店を覗くと、実に寂しそうな、困惑しているような顔をしていたり、また、話している最中にフッーとため息ついたりすることが度々あったからだ。

ある日、駅近くの居酒屋に誘って景気づけに一杯やろうと思って彼の店に立ち寄ると、シャッターが降りていた。珍しく品物が売れて、〇園はその配達に出かけたのだろうと思い、少し嬉しい気分で家に帰った。

あれから〇園は見えなくなった。梶山に聞いてみたら「しょうがない奴だ」と一言だけ言い、あとは言いたくないようだったから、それきりになってしまった。

木星

高田馬場駅近くに〝あらえびす〟という変な名の名曲喫茶があった。「荒夷」という言葉は卒業後に知ったのだが、在学中最も多く通った喫茶店だった。卒業後だいぶ経ってから、〝あらえびす〟という名前は、時代物の大家野村胡堂が——若しかしたら似たようなその辺りの作家だったかもしれないが——音楽評論を書く際のペンネームであることを知った。すると、あの店はその作家がオーナーだったのかナ、と思ったことがある。

雰囲気のある店だった。レンガ造りの壁や間仕切りに、黒っぽい骨太の木材を使った梁や柱が渋い味を出していた。

作家で思いだしたが、大学正門近くには井伏鱒二がオーナーだと言われる〝茶房〟という喫茶店もあった。喫茶店の名前が〝茶房〟というのも不思議な気がしたものだった。古格のある純和風の洒落た店だった。色白でポッチャリ型の愛らしいウエートレスが、看板娘だった。

〝あらえびす〟は私語が禁じられていた。

そもそも、私語が出来ないような造りではあった。一人用のテーブルで、それぞれ小ライトが付いていて本が読めるようになっていた。

僕はいつも本を抱えて行っていたが、まともに読み通した記憶はない。客は殆どが早稲田の学生で、二割くらいは女子学生だった。

そう言えば、その店で知り合いに会ったことは一度もない。

レジ係兼ウエートレスも学生のようだった。

客は入り口のレジで先ずリクエスト用紙に書き込んでから、席に案内された。僕は少し通ぶってフランクなどちょっと無理した注文の仕方をしたが、皆大体そういう感じではあった。

先客の多いときは自分のリクエスト曲が掛かるまでかなりの時間待つことになった。前面の小さな黒板にその都度、曲名・作曲者・指揮・演奏者が表示された。たまに、初級者っぽいリクエストが掛かると、かすかに優越感を覚えたりした。

ある日の午後、〝あらえびす〟近くまで来て急にどしゃ降りになった。雨宿りも面倒だと思って、濡れたまま走って店に飛び込んだ。

「アラ、やっぱり降ったんですね」

言われてレジの娘を見たら、一瞬息をのむ思いをした。華やかな美人だった。真っ黒な髪に思い切りパーマをかけていたが、白くてなめらかな肌や、目鼻立ちの鮮やかなつくりや、ザクロ色の口紅が、その髪に目の覚めるほど調和していたのだ。あでやかには違いなかったが、それでいて育ちの良さそうな涼やかな瞳は、純朴で清楚な色を静かに湛えていた。

学生ではない、と直感で思った。

「はあ」と言うのがやっとで、僕は雨を払うことも忘れ、リクエスト用紙にホルストの〝惑星〟を書き込んでいた。

すると彼女は綺麗な指を行儀よく反らしながら微笑んで、

「あ、わたしそれ好きです。特に〝木星〟」と言った。清涼感のある声と口調だった。昂揚した気分で席に着いた。息が荒くなっていた。飲み物の注文を取りに来たのは、前からいるレジ兼ウエートレスだった。二人制になったようである。

その日の〝木星〟がどれ程美しく魅力的であったことか、息も絶え絶えに聴いたのだった。
四、五日連続して僕は〝あらえびす〟に行った。レジに居てくれるかと不安を抱きながらも、弾むような悦びを押さえられなかった。
彼女はきちんと居てくれた。いつも趣味のいい華やかな装いだった。明眸皓歯を絵に画いたような晴れやかな笑顔を絶やさなかった。

リクエストを書き込む時と勘定の時のわずかな数分間だけではあったが、あれほど濃密な幸福感を味わったことは僕にはない。

彼女のことを僕は志村や田辺にも話さなかった。言えば、それだけで汚される思いがした。特に志村は鼻で笑って馬鹿にするに決まっている。「教祖あらぬ恋をする」とか「沖縄の青年都の女に勘違い」とか、志村の言いそうなセリフが直ぐに浮かんでくるのだ。

確かに僕は彼らと違って、本物の田舎者だった。合同コンパで、ポン女やアトミの女学生たちとの交際のチャンスはたまにあったのだが、全く何にもならなかった。テンポのいい気の利いた会話を展開していく彼らの横で、トゥルバッていただけだったのだ。トゥルバルとは、間抜けた様子で所在無げにいる状態を指して言う沖縄語だ。見かねて同情心を起こした女学生が寄って来て話しかけてくれても、我ながら阿呆みたいな応答しか出来なかったのだ。それで、そういう類のコンパとかに行くのはやめてしまっていた。

入学して三年目に訪れた熱い感情だった。

朝起きるのが早くなった。体のダルサが無くなった。僕は若者らしい生気に充ち充ちていた。バイトを探す気も無くなって、勉強しなくてはという気分が体一杯に広がっているようだった。

大学の図書館へ真直ぐに行って、そこで、買っただけで全く目を通してもない何冊かをヤッつけるつもりでいた。図書館に着くと、先ず地下の売店に行き、牛乳とパンを買って朝食にした。それだけで一人前の勤勉な学生という気分になった。タバコを一本吸いながら、その気分に満足した。冬だった。

読んだものは殆ど頭に残っていなかった。

基礎知識が足りなかったのだ。E・H・カーの〝危機の二十年〟など仲間うちでは必読書扱いされていたけれど、僕にはサッパリだった。それでも僕は真面目に読み続けたのだ。

なにしろ、午後あとは〝あらえびす〟で読むことになっているのだから。

彼女は僕の新しい生活の根源だった。光源だったとも言えるだろう。

初めて彼女を見た時から二週間程経った頃だった。ドアを開けて彼女を見たら、相変わらずの美しい眼に、ほんの微かだが、これまでに見せなかった色合いが浮かんでいた。

席に着いてウエートレスを待っていた。いつものウエートレスではなかった。彼女だった。そして、彼女はびっこだった。

それも重度なものだった。心身が凍りつく思いがした。僕を見たその時の彼女の目を、どうして忘れることが出来るだろうか。

僕は神を呪いたいような、あるいは逆に訳もなく神を恐れるような敬虔さで、ただ何かにぬかづきたくなるような気持ちで一杯だった。そういう僕を彼女は、底知れぬ静けさを湛えた聖母のような眼差しで、斜め上から見下ろしていたのだった。

しばらくして彼女は見えなくなった。あるいは僕が行かなくなったのだったか、思い出せない。

梶山

早稲田という所は、大学と街が混然一体で、互いに入り組んでいるようなところがあった。

無門の門と言われた正門がそもそも数段の階段だけで門扉が無く、しかも間口が大変大きかった。だから一般の住民も通行に使用した。

その開放的なところが皆に好まれていた。そこから文学部までは二百米くらいだろうか。公道とも私道とも言えそうなその狭い道の両側に色々な店が在った。また、体育の選択科目で使われた安部球場までやはり二百米くらいあり、その道筋にも、古本屋や食堂が並んでいた。大学のぐるりに車の通れない狭い路地が何本かあり、角帽だけを商う帽子屋とか骨董品屋とか雀荘とかが並んでいた。

理工学部は少し離れていたけれど、高田馬場駅までの早稲田通りには、代表的な学生街らしく古本屋や喫茶店や食堂などが幾つも軒を連ねていた。

一杯飲み屋や居酒屋も沢山あったが、コンパや会合などには蕎麦屋や天ぷら屋の二階がよく使われた。今思えば学生相手には珍しく、どぜう屋や茶漬け屋も在った。どぜうの味噌汁は好物の一つだった。

高田馬場と反対方向の鶴巻町にも、僕の好きな一膳飯屋が在った。バイトの金が入った時は、よくそこで景気いい朝飯を食った。焼き海苔、半熟卵、焼き魚、炊き合わせに味噌汁に漬け物に冷や奴と言った具合だった。

昼食の選択肢は多彩だった。学生食堂のカレーライスやメンチカツが一番安い物だった。いや、かけうどんがあったのだ。中華屋のタンメンに餃子という組み合わせも好きだった。専門店も色々あったが、トンカツやシチューには有名店もあった。僕の一番よく行ったのは、正門から文学部へ向かう道の右側に在った定食屋だった。実にさまざまな定食があった。

その先の角に在る蕎麦の三朝庵も行きつけの一つだった。

たまに少し気取って、教授達に混じって大隈会館で洋食を取ったりもした。

おにぎり屋に行く時は大体一人だった。同意する連れは少ないからだ。友人に会う時は喫茶店だが、これも沢山あった。三年の時くらいに出来た〝ジャルダン〟が名を馳せた。コンクリート打ち放しの斬新で洒落たデザインだったが、高名な建築設計賞を貰ったと聞いた。

名曲喫茶では、〝らんぶる〟。これは二人以上で行くことにしていた。韓国か中国出身のオヤジがいつもパイプを磨いていた。一人で行く店なら〝あらえびす〟。これは入り浸ったと言ってもいいくらいに通った所だ。

梶山に会う時は〝茶房〟に決まっていた。

大学正門を背にすると、右四十五度の百米先に在った。

梶山に誘われて最初に行った時、抹茶と和菓子を彼は注文し、僕はコーヒーだった。菓子を僕にも勧めたが、いらないと言うと「和菓子が嫌いなようじゃあ一流の人間にはなれないぞ」と彼は言った。そういう科白が真顔で言える男だった。

ある時、僕らのテーブルの側を通った男子学生を梶山が「オイ」と言って、呼び止めた。

「謝ってくれ、今オレの足を踏んだゾ」そう言って、「スミマセン」と言わせたこともあった。

またある時、トイレに立って直ぐに戻って来た梶山が顔を真っ赤にしてウエートレスに「便所の紙が無いぞっ」と声を荒げたこともあった。そのウエートレスは人気ナンバーワンで、色白ポッチャリの可愛らしい娘だった。ちょっと僕には言えないセリフだと思った。

冬のある日の午後、「電話です」と大家の奥さんが惰眠を貪っている僕を呼びに来た。梶山だった。〝茶房〟で五時間待ってる、と言った。十時に会う約束だったのだ。慌てて行くと、意外に涼しい顔で座っていた。四時をまわっていた。放課後の立て込む時間帯だった。

三人掛けの丸テーブルに一人で腕を組んでいた。

「相席お願いしますって言われたけどナ、断ったゾ。今に親友中の親友が来るからってナ。十時から今までッ」。

「もっと早く電話すればいいのに」と言うと、組んでいた両腕をといてテーブルにたてて「お前をタップリ寝かせてやろうと思ってナ」と少し凄んで見せた。

その日、彼は大森の鳥鍋屋に僕を案内した。日本髪の女将がちょっといいゾ、と言った。確かに梶山好みのほっそりとした年増だった。二人で一升余り飲んで話し込んだ。時々わざわざ階段を踏んで、女将が愛想を言いに来た。梶山は大人びた風をつくって鷹揚に対応した。ここでも彼は〝親友中の親友〟という言葉を使って僕のことを紹介した。石垣島どころか沖縄の人は初めてです、と彼女は言った。梶山の父親が上京する度に来ていた店らしい。父親は熊本県庁の偉い人だった。

話はいつものように色んなことに及んだ。

憂国の士らしく、彼は先ず日本の外交姿勢を弱腰だと嘆いてから、大学当局の学生に対する甘さと阿《おもね》りに憤って見せた。それから例によって国防〝戸締り論〟を飽きずに、まるで儀式のようにひと通り開陳した。しかし、本当は、安全保障や軍備について正反対の意見を持つ僕に対して彼は、あまりの両極ぶりに諦めと快感をさえ覚えているようだった。

僕の造語〝純情非武装論者〟に彼はたいへん感心し、危うく宗旨変えするところだった、と半ば本音半ば冗談のように言ったものだった。

彼はよく教授のことを「腰フラフラのマルクスボーイ」というような言い方をした。〝資本論〟は十ページぐらいで止めた、と僕がいつか言った時、彼は何を勘違いしたのか「さすが」と言った。

僕らは、お互いに誤解と無視と舌足らずを了解した上で、ほんの微かな美質を過大に評価し合って付き合うという〝大人〟の社交性を持っていた、と言えるだろう。

僕は彼の経綸の気概と志を、彼は僕の素朴で初々しい世界観を、それなりに認め合っていたと言うべきだろう。僕は彼に比べて決定的に歴史の勉強が足りず、わずかに勝っていると思われるのは文学、芸術に関する造詣だった。と言えるだろう。

その夜、彼は経験による、僕は空想による、女に関する談論を楽しんだ。

女将の好意により、二階で炬燵に足を突っ込んで泊まることにした。朝遅く目覚めて降りて行くと、梶山は楽し気に女将と朝飯を食っていた。しじみの味噌汁をお代わりして僕は飯を三杯も食った。茄子の漬け物も旨かった。

食いながら、この人は日本髪をいつ整えるのだろうと、彼女を見ていた。帰りの電車の中で梶山は「どうだ、いい女だっただろう」と言い、僕は「うん、明治一代女の娘みたいな感じだったな」と応えた。

「今度はいつか浅草のうなぎ屋に行こう。そこの若奥サン、これがまたいいゾ」と彼は首をブルッと震わせながら言った。僕は未だ見ぬうちから、その容姿が想像出来るように思った。

それにしてもよく金が有るな、と彼の経済環境にちらりと思いを馳せた。彼は僕と違ってバイトなどしたことが無かった。

「親の経済的支援は喜んで享受することにしている」と、いつか気取って言ったことがあった。偉いと言っても県庁の役人ぐらいでは大したことないだろうから、多分、代々の資産家に違いないと僕は思っていた。

結局、浅草のうなぎ屋には行かないうちに卒業になった。

僕は沖縄に帰り、彼は東京に残って何か政治結社のようなものを創ることになっていた。

卒業後しばらくは彼から短い便りがあり、僕は電話でそれに応えていた。互いの近況報告といったものだった。

五年くらい後に、結婚したと電話があった。

「お前の知っている女だ」と梶山は言った。

何人かの女の顔を思い出しながら「誰だよ」と聞いても、「今度会わせたる」、と言うだけだった。

それからさらに二年後、東京出張の帰りに熊本に寄った。彼は帰郷していたのだった。驚いた。カミさんは、あの〝茶房〟の色白ポッチャリだった。大森や浅草タイプの女ではなかったのだ。

カミさんは僕を微かに覚えていた。可愛らしさは美しさに変わっていた。

〝便所の紙〟の話を僕がすると、彼女はニッコリ微笑んで「はい、覚えています」と言った。

梶山は「それが思い出せないんだよなあ」と言った。

シャコンヌ

「俺は世の中にナメられている、バカにされている」は志村の口癖だった。

彼ほど世間を馬鹿にして手玉に取っている人間も珍しいのだが、それは「やり返しているだけサ」ということだった。

彼は京都生まれの大阪育ちだった。実家のことは語りたがらなかったが、生い立ちに何か不幸があるような様子ではあった。

彼ほど頭のいい人間を僕は今日まで見たことがない。大学入学から卒業までオール優。

家庭教師の口を幾つか持っている上に、効率のいいバイトを色々こなしたりして、講義は殆ど出ない。それでも楽々とトップだった。

彼によると、本は最初と最後の数頁だけ読めばいいらしい。僕はそれを真に受けて、とんでもない目に遭ったことがある。彼は記憶力と応用力が抜群に良かったのである。

クラスだけでなく、幅広くその秀才ぶりは知られていて、皆、彼の周囲に群れたがった。

長身色白。メガネをかけているが、愛敬のある優しい目をしていた。短かめの髪をボサッとさせていた。語り口は低く深く、ソフトで早かった。機転の良さで、どんな話題でもすぐに笑わせてみせた。鋭い切り口と、独特のアイロニイが魅力的だった。

或る晩、彼と二人で居酒屋のカウンターに居た。二年の時だった。二人でしたバイトの区切りが着いて、金が入った日だったのだ。

上井草駅の近くだった。

たまたま同じ大学の院生だと言う男が一人で、やはりカウンターで飲んでいた。なんとなく話を交わすようになった。政治学の博士課程だった。

誰も、どんな問題でも、どういう角度からでも志村には歯が立たない、ということを僕はよく知っているのだが、可愛想に、院生が少し偉そうな話し方をし出した。

予定通り、と言うべきだろう。志村が、例の人なつっこい笑みを浮かべながら追い込み始めた。院生は直ぐにたじろいで、言い逃れしようとしたり、論点を替えたりと、もがき出した。哀れだった。

完膚無きまでに志村はやっつけた。どういう本のどこそこにどうあるとか、果ては、その院生の指導教授の論文まで引用しながら、あくまで涼しい顔で、志村は立て板に水の論陣を張った。

後で聞いたら、あの典拠のことごとくが全て出鱈目だった。あんな本なんか無い、と楽しそうに言った。けれども院生は、自分もそれは読んで知っているとか言ったのだった。

あらゆることに関して、志村はこんな具合だった。

おどけた顔で頭を震わせながら「俺は完璧だナァ」も得意の口上だった。

「俺はあくまで優雅だナァ」と言ったのは、彼の買った番号合わせ式の錠が、たまたま五・七・五の時だった。前にも書いたと思うが、彼が間借りしている粗末な家の屋根に落ちる銀杏の実は「韻を踏んでいる」そうだった。

彼は怒ったり、困ったり、悲しんだりというような顔は全くしない人間だった。軽く涼しく楽し気な顔でなければ自尊心が許さない、という風だった。

彼に誘われるアルバイトは決まってウマい話だった。自民党のビラ配りはその代表だった。前金で時給単価のべらぼうに高い金を受け取って、指定の場所まで車で送って貰い、志村と僕は降ろされる。車が遠ざかるのを見届けてから、大量のビラをゴミ箱にドサッと捨てて終わりなのである。世の中に大きく貢献している、と志村は言った。自民党にムダ金遣わせて、お前と俺という逸材に研究費が入る、と言う理屈だった。生活費のことを彼は研究費と言っていた。

志村が僕と親密にするのを、皆不思議がっていたようだった。僕にもよく分からない。

多分、あまりの田舎者ぶりが珍しかったのだろう。そして、学生運動や政治問題について、僕が白痴的無知だったのが、なにか新鮮だっのかもしれない。

ただ、奇妙にウマが合った。そして、どこかで僕を買ってくれたりしていた。たとえば、世の中や学生運動に潜むインチキさみたいなものを直感だけで短く論断する僕のセンスを過大に評価したりしていたのだ。「一言で核心を衝く」などと持ち上げていた。二言以上は知らないだけだったのに。

三年の時に彼は自費で詩集を出した。「跛行形」という変なタイトルだったけれども、きらびやかで雅で豊饒な言葉が、目の眩むような世界を創り出していた。新聞が取り上げていて、著名な詩人が絶賛した。深く長い思索が珠玉のような言葉を紡ぎ出した、と評していた。プッと志村は口に手を当てて笑って見せて、あんなの一晩で書いたんだ、と言った。

多分、本当だと僕は思った。

調子よく如才なく〝完璧〟だったから、女の扱い方も並外れて上手かった。

沢山のガールフレンドがいたようだったが、卒業前の或る日、「こいつが本物」という女を連れて僕のアパートに来た。背が高く色白く、すっきりした顔立ちに古風な趣があった。伊豆の料理旅館の一人娘だった。「俺は旅館の若旦那になる」と志村が言った時、彼女はほんの微かに恥じらった。

「若旦那」は勿論冗談で、彼は第一志望通り最大手の証券会社に内定していた。僕は未定のまま、とに角沖縄に帰ることになっていた。そして、「お前が帰ると沖縄の日本復帰は大幅に遅れる」は彼の常套句だった。

こう見えてもこいつはクラシックに詳しいんだ、と僕のことを紹介した。彼女はピアニストの卵でもあるのだった。

たとえばどんなのが好きかと彼女に聞かれ、少し間をおいて僕は答えた。

「シャコンヌ。バッハの」。

深く息を吸い込みながら頷いて、彼女は澄んだきれいな目を一層美しくした。

志村に対して、いや他人に対して、初めてと言っていい嫉妬を覚えた。

何日か経って、シャコンヌとはどんなものか聴かせろと志村に言われて、大学近くの「らんぶる」に連れて行った。

こんなの聴くと、お前、人生変わるヨと僕が言うと、例のプッという仕草を彼はした。

レコードが回り出して、志村の顔からうすら笑いが消えていった。苦しそうな表情さえ見せるのだった。厳粛な美しさにうたれるに違いないと思っていた僕の予想をはるかに超えて、彼は怨恨とか寂寥とかいった深く暗い情念と格闘しているかのような、およそ彼らしくない顔を、はばかりもなく曝すのだった。


三十年経った。東京で同期会が催されて出席した。

志村の話題が中心だった。僕を含めて、だれも彼の消息を知らなかった。

入社してすぐに辞めたらしい、というのは大体一致していた。どんな事であれ、当然、彼はマスコミを賑わしていた筈なのだが、という感想もまた、皆同しだった。

それから半年ほど後に、福島の田辺から電話が来た。おそろしく聴きとりにくい訛りだった。

全く信じられないことだが、志村は、卒業してからずうっとボランティアなんかしていて阪神大震災でもいろんな事をしていたけれど、過労で倒れて、「そのまま死んだらしいゾ」と言うのだった。

第二部　虎《とら》頭《ず》山《やま》の月

ナナサンマル

七・三・〇に対して自分はなぜあれ程反対したのだろうと、信平は考えている。

戦後、沖縄の交通方法はアメリカ式に「人は左、車は右」だったのだが、本土復帰を機にそれが逆になることになったのだ。

復帰七年後の七月三〇日にそれは実施されるということになり、さまざまな準備が進められていた。

大事業である。交差点周辺の改良工事から、各車輌のハンドル位置の変更まで、公私にわたる大々的切り換え事業なのである。

実施一年前の一九七七年。三十一歳の信平はたまたま、ある大学の夜間のゼミ学生になっていた。地域行政でよく知られていたNという教授が東大から移ってきたので、何としても受講したかったのである。ある夜いきなり、そのゼミの教室に入って行った。受講のための手続きなど一切全く何もしてませんが、と言ったら教授は「ほうほうほう」と、顔をクシャクシャにほころばせて、「ニセ学生大歓迎です」と言ってくれたのだった。

出席二度目の時、信平はナナサンマルをその日のテーマにして貰いたいと言い出した。

十歳以上も年下の学生達十人ほどのみんなは恐る恐る見つめていた。教授付きの助手Tはキョロキョロとしていた。

しばらく黙っていた教授は「そういう具体的、個別的なことがらを論議する場ではない」というようなことを言って、たしなめた。

二、三日後、夕食前の信平の家へ、助手のTが突然訪ねて来て「先生が八重垣さんの話を聞きたいとおっしゃっている」と言って誘い出した。

先生宅は高台の元米人用住宅で、清潔で静かな雰囲気が、老学者にいかにも似つかわしかった。

夫人お手製のカナッペとワインをご馳走になりながら、信平はあまりまとまりはないが次のようなことを話した。

イギリスを除く欧米その他世界の大半は車右社会である。沖縄が本土に合わせるのではなく、この際、全国が沖縄に合わせるべきではないか。これが合理的世界化の一方策ではないか。若しもそれが叶わないのなら、なにも沖縄を変える必要はない。なぜなら、本土から遠く離れている島々なのだから、陸続きでいきなり交通方法が反対になるワケでもなく、問題はないではないか。大陸から離れているイギリスが何の支障もないのと同じではないか。国際条約では一国一制度という規程があるようだが、それの変更を日本政府は訴えるべきではないか。

ドライシェリーをなめていた先生はニコニコとご機嫌で、すぐに賛同してくれた。さらに意気投合までしてくれた。

助手Tと信平は翌日から反対運動のためのプランづくりにとりかかり、いろいろと打ち合わせのために忙しくなった。東京時代、学生運動をしていたと言うTは、いきいきと実にうれしそうだった。

先ず二人は実名で新聞投稿を何度も重ねた。ゼミの学生を動員して、連日、彼らにも投稿させた。二人で書いたものを彼らの名前にしたのもいくつかあった。内容について先生が度々ヒントを与えてくれた。ひそかにではあるが、先生も楽しそうだった。

ある有力な労働団体が反対運動を準備していると聞いて、そのリーダーに信平は電話を入れた。一緒にやろうと申し入れたのだ。

リーダーはとても冷たくあしらった。関係ないでしょ。そっちはそっちで勝手にやったらいいでしょ。

メディアを通じて、世論に訴える他やはり方法はない、と思った。

ＮＨＫ主催による公開の討論会があると知って、信平とＴは互いに質問事項を整理分担し、勇んで出かけて行った。

学者途上のＴは将来に差し支えない程度にそつなく質問をした。信平はいくら挙手しても指名されなかった。事前にＮＨＫ職員に聞かれるまま正直に内容を話したのがいけなかったのだった。実施を動かすべからざる前提とした上での細かい施策をめぐってのフォーラムだったのである。

それにしても信平の世間知らずには呆れた、とＴになじられた。ＮＨＫに対しては当然、ウヤムヤに答えておくのが常識ではないか。作戦上わざと二人は離れて席取ったのがいけなかった、とＴは悔いた。

割合いに読まれている地元の月刊誌に信平の論文が載った。どれほどの効果がもたらせたのか、さっぱり分からなかった。

ただ、ある新聞記者から電話があって興奮気味に「八重垣さんの言う一国二方法の実例が見つかりましたヨ」と、どこかの島国のことを教えてくれたのは嬉しかった。

大々的かつ着々と事業は遂行され、実施前日の夜、信平とＴは国道五十八号線かつての米軍用道路一号線の大きな交差点にある歩道橋の上にいた。午前零時から沖縄中の車輌交通が一斉にストップされることになっていた。翌朝六時を期して切り換えられるのである。零時十分くらい前になると、パトカーや白バイがサイレンを響かせて物々しく走り廻り出していた。それ以外の車は完全に消えてしまい、嘘のような静けさだった。

「まるで戒厳令の夜だな」と見たことあるようなことを信平は言った。

「そうですね」。Tはなにか感慨深そうな表情だった。

「蟷螂の斧だったね」と言うと、Tはキョトンとした目付きをした。


あれから三十年近くが過ぎている。

あの時、信平を猛烈に駆り立てたものは何だったのかと、あらためて思う。

〝身体的拘束〟に対する動物的と言っていいほどの反発――と彼は考えている。生来、彼は身を縛り付けるのが大嫌いである。ネクタイ嫌い。ズボンのバンドも出来るだけゆるやかにする。腕時計をはめたことは一度もない。装身具は別の世界の話だ。

左から右へ。ハンドルの位置が変わる。走行の場所が変わる。風景も変わる。勝手が違う！

たとえどのような法律や条例や命令が制定されたり、発せられても、個人の観念の中ではいかようにも否定したり冷笑したり変質させたりすることは可能である。けれども、交通の仕方に関して命ぜられるということは直接的に身体を拘束されるということに他ならない。これが彼には堪え難かったのである。

信平の軍隊観はこの感覚に根ざしている。

極度に身体を拘束する——死に到るまで——軍隊というものを腹の底から憎悪する彼の感性と思想はここに発しているのである。

いつか偶然、米軍基地前を運転中に、兵隊の歩行訓練らしきものを見たことがあった。

思わず吹き出してしまった。理屈抜きにおかしかったのである。大男どもはまるで幼児そのものに見えるのだった。〝おもちゃの兵隊さん〟という童謡を思い出した。あれはおもちゃで出来た兵隊さんの歌なのだが、信平には逆に、兵隊さんこそはおもちゃなのだ、と思えたのだった。——人間はバカだ。

さらに考えると、身体的拘束を毛嫌いする信平の観念は彼の方向音痴という弱点が原因しているのではないか、と最近思われるようになった。

善彦

首里城の北方約八百米の丘陵台地は古来〝虎頭山《とらずやま》〟と称されてきた。文字通り、遠くからは虎の頭に見えたものらしい。眺望が佳く、那覇の全景が眼下に展がるこの地は昔、老松が林立していたそうである。〝虎山松涛《こざんしょうとう》〟として〝龍潭夜月《りゅうたんやげつ》〟などとともに首里八景に数えられた勝地である。その面影はわずかに残っていて、今は小公園となっている。

あまり知られていないが、公園の奥に佐藤惣之助の詩碑がひっそりと建っている。陶芸家浜田庄司の造形で、もとは首里城趾の一角にあったのだが、城復元に伴いここに移されたものである。「琉球諸島風物詩集」から〝宵夏〟の一節が引かれ刻されている。

しづかさよ　空しさよ
　この首里の都の宵のいろを
　　誰に見せやう　眺めさせやう

〝潭亭〟の正面はこの小公園に向き合っている。人通りはほとんどない閑静な場所柄である。公園の入口のあたりに高い琉球松が一本あって、木の葉隠れに月がかかることがあり、信平はその眺めを殊の他気に入っていた。

〝潭亭〟のベランダに腰かけると、ほぼ百八十度視界が展けて見える。左手前方に首里城の全容がくっきりと、遠く右手に慶良間諸島が紫色に霞んで見えることが多い。前景の首里の街は、首里城とその手前の県立芸大の赤瓦のせいで、全体が弁柄色を基調としているような印象である。右手側に広がる那覇の遠景は白っぽく、その向こうの銀色の海にいつの間にか溶け込むかのような眺めである。

ベランダの真横の右側には硝子窓一杯にガジュマルの緑が覆いかぶさり、窓の切れたこちら側は木製手すりに並行して青々とした枝葉が入り込まんばかりの勢いである。

ベランダの左手側は離れ風の和室である。その和室の向こう五十米ほどの所に信平の住居がある。

四月はじめのある日の夕方。

首里城の上空、と言っても赤瓦屋根の上二十米くらいのところを大きな白い鳥が円を描くように飛んでいた。螺旋形に上下しながら、ゆっくりと舞っている。ちょうど歓会門の真上を中心とした動きかたである。薄い西陽が時折、その長い両翼を照らすと、真白な鳥であることがよく分かった。高く低く斜めに空を切って、ゆったりと城郭を見下ろすような飛び方だった。

芸大の弁柄色の屋根すれすれの所まで下りて来ることもあるかと思えば、勢いよくまた昇ってゆくその動きを、信平は飽かずにしばらく見続けていた。

風はほとんど無く、城壁の上方の樹木の緑がひとかたまりの静寂となって、その背後に横たわる薄墨色の雲と相呼応するかのようなたたずまいである。

ベランダの前方百米ほどの所の、左から右にゆるやかに下って傾斜する軌道をモノレールが音もなく過ぎて行った。煙草をくゆらしていた信平はふと了解した。あれは鳥ではない。凧だ。それにしても、これほど上手に凧をあやつることが出来るものなのか。自在な動きを、糸を通して凧に命ずるそのあやつり手というのはどういう人間なのか。凧はやがて、芸大の中庭と思しき所にたぐり寄せられて下りて行った。芸大の学生に違いなかった。

何秒か後、南から北に向かって軍用ジェット機が凄まじい音で通り過ぎて行った。信平の最も嫌悪する轟音である。

そもそも彼はウルサイ物が嫌いである。

飲食店や喫茶店やあるいはその他の店に入っても先ず、気になるのは音楽である。

ウルサイと思う。小さくしてくれ、若しくは止めてくれと頼む。それが叶いそうにないなら、早々に退散する。子供や赤子の声も大の苦手だ。親に注意をしたことも度々あった。

さらに言うと、例えば、女の香水や男のオーデコロンなども大嫌いである。ウルサイ、とやはり思っているのである。

だから、と言えるだろうが、彼の家や彼の部屋は家具・調度品が極端に少ない。目の邪魔だと思っているのである。いつか知人が訪ねて来て、生活の匂いが無い、と言ったことがあった。と言う具合いだから、軍用機ほど彼にとってうるさい〝もの〟は無かったのである。

ほぼ約束の時間に善彦はやって来た。

「いやあ、済まん済まん。ちょっと早めにと思ったけど、道分からなくて少し捜したヨ」。

人なつっこい笑顔が相変わらずだった。

二人で生ビールを飲み始めた。この店が善彦はすぐに気に入ったようだった。首里城の眺めがバツグンだなあ、と何度も言った。

初鰹です、と言って亭主の奥さんが大鉢に盛った鮮やかな赤い刺身を出してきた。

冷えたマクワウリが添えられていた。タタキではない生のカツオの刺身はなかなかお目にかかれないものだった。余程自信があるのだろう。

酢醤油で食った。旨かった。

「シークワーサーで食うのが一番だがな。初鰹の頃、シークワーサーはまだまだ小さくて使えない。というところに俺は人生の無常を感じるよ」と信平は言った。

「そして、それ以外に無常を感じたことは無い……」。ニヤリとして善彦は応じた。

彼は二人の故郷石垣島で中学校の校長をしているが、時々公用で那覇に出て来ることがあった。その度に信平に連絡してきていた。無類の好人物である。最近は暇をみつけて米づくりに挑んでいる、とこの小学校以来の友人は言った。

彼が西表島に勤務していた頃の話の中で、信平が一番好きなのにこんなのがあった――。

家庭訪問は、父母が農作業から帰った後に行うので、いつも夜八時以後になる。だから、ごく自然に酒も出されたりする。ある時、一人の生徒の家で、その父親とビールを飲みながら楽しく話をしていた。二時間くらい経って、少しずつ話がおかしくなるのに気が付いた。間違えて他の家に来たのである。飲んでいたその家にもたまたま中学生がいたから、父親もすっかりそのつもりになっていたのだった――。

会う度に本の話が中心になった。信平と同じく読書家なのである。映画好きなところも似ているし、また、釣り好きなところも共通していた。やがて泡盛に替えて、ますます話が弾んだ。善彦は鰹がバツグンに旨い、と何度も言った。信平はマクワウリの塩加減が実にいいと一度だけ言った。そして長々とこんなふうな映画の話をした。

「ある時ふと思いついて、題名は知っているが未だ見ていない映画のタイトルをズラッと書いて見たんだよ。何日かにわたって、思い出す度に書き加えて。そしたら、八百五十本くらいあった。それで、これ全部見てやろうと思ってビデオ屋捜し始めたんだよネ。二年半くらいで七百本余り見たヨ。あとの百五十本は捜せなかった。ビデオ化されてないのか、沖縄の店ではとってないのか分からんが。

とに角、七百本くらい見た。ほとんど洋画だがナ。邦画では黒沢と小津と溝口健二。いいですネ、映画は。そして、ジャンル別にベストテン作ったりしてな。フン、本当に一時期のめり込んでたナ。豆腐旨いナ。

例えば、いい女がいるとするだろ。まあ例えばだヨ。その女に言ってみる。何でもいいから好きな映画十本挙げてみよ、と。大体、人間が分かるよネ。その挙げ方で。そんなに見てないとか、挙げられないとか言うのは論外だよネ。すでにしていい女ではない。まあ、しかし難しいよナ。名作と言いたいのと、好きな映画と言いたいのは、また別だからな。

そこを敢えて十本挙げる。ジャンルをとり払うと、これは酷だナ。あり過ぎて。最も好きな監督は、と聞かれるのが俺はありがたいネ。即座に答えられる。ビリー・ワイルダー。好きですね。面白い。笑わせてくれる。そうなんだよネ。笑わせてくれない映画は好きじゃない。だから一番苦手なのはシリアスなものだナ。勘弁してくれ、と言いたくなるネ。シリアスは現実だけで十二分。

フェリーニの〝道〟が一番、なんて言われたことあるけど、もうそのあと言葉が出なくなったなあ、本当に。

ビリー・ワイルダーのお師匠さんのエルンスト・ルビッチ、あれも大好きですネ。〝ニノチカ〟なんかいいぞ。〝街角〟なんてのもどうってことないと言えば言えるかも知らんが、私は傑作と言いたいですネ。ジェームス・スチュワートのデビューくらいのもんじゃないか。随分若かったから。ラストが何とも言えずいいぞ。食べ物の名前がズラズラズラッと出てな。ナントカナントカのナントカナントカは好きか？　なんて聞くんだよネ。すると少年が「大好き！」を連発するんだがネ。笑えるんだよネ、実に。おかしいんだよネ。実によかったな、あの場面。涙出たね。出来栄えの良さに。

ナントカナントカってだんだんエスカレートしていくのに合わせて、雪の降り方もエスカレートして最後は滅茶苦茶に降る。じゃ、レストランに行こうと、言葉には出さず老社長が手を挙げて叫ぶ。

「タクシー!」――。

ジャン・ギャバンの若い頃のもので、〝殺意の瞬間〟てのがあるんだが、その中で――。主人公ジャン・ギャバンはレストランの亭主なんだが、客に聞くんだよネ。ある場面で。

ステーキの焼き加減をネ。「ムシュー、焼き方は?」。そのムシューの答えがいいんだよネ。「三分四十五秒!」だって。笑っちゃいましたよネ、本当に。うまいネ。こういうところが好きなんだよネ、俺は。

筋と全く関係のない場面、つまり点景と言ってもいいと思うのだが、見落としそうな、聞きそびれそうな、ストーリーから言うとどうでもいいような場面、そういうところこそ本当は監督の腕の見せどころだと思うんだネ。

遊びだよネ、完全に。多分、脚本には無いだろうと思われるんだがネ。そういうパッとした思いつき、アドリブ……。だからこそウンチクが試される、って思いますね。というところで思い出したんだが――。

民放の名画劇場みたいなのがあるだろ。あれ見てて、この前ハタと気がついたネ。俺の好きな場面、見たい場面に限ってカットされてるんだよネ。本当に。その場面だけが見たいって言うのに、肝腎なそこが無いんだもんネ。思い出したら、何本もそれを体験してるんだよネ。民放で。それでこの前、ハッと分かったワケさ。

つまり、コマーシャル入れんといかんだろ、どこかで。それで、カットするのはストーリー展開上どうでもいいようなところ、視聴者にとって困らないようなところ、そこがカットされるというワケさ。もの凄い皮肉だネ、これは。その場面があるからこそ、〝名画〟だと思っているのに、そこが消えて無くなってる。

監督の手腕が発揮されてる、ってところが無くなってしまった――。凄いネ、名画劇場というのは。

それにしても、我々がよく言うように、映画は六〇年代で終わりだよナ。終わった。七〇年に入ると、もうダメですネ。情ないですネ。つまらなくなった。考えてみると、七〇年に入る一歩手前で我々の学生時代は終わった。映画も終わった。青春の終わりですな。団塊の世代の始まりですネ。

全共闘の皆様の始まりですな。ヘルメットに角材に黒メガネ。集団で同じ格好して連帯して……。つまらなくもなるワケですよネ。

世界全体がそうだったからネ。全体が連帯して面白くなくなった。映画だけじゃ勿論ないよナ。学生の間で〝明日のジョー〟というのが爆発的にウケてるなんてのが俺には不可解だった。

漫画で必死な目つきされるだけで、俺なんかはもう駄目ですネ。漫画はひたすら笑わせてくれなくちゃあネ。団塊の世代辛うじて免かれたというのは我々の幸運でしたネ。

あ、〝巨人の星〟てのもその頃だろ。見たこともないよネ。タイトル聞いただけで、冗談じゃなく、本気で恥ずかしく思ったもんネ。

「寅さんシリーズ」もその頃からかナ。俺はあのシリーズ全部見たよ。意地になってネ。今度は笑わせてくれるかな、と思いつづけてネ。

とうとう一度も笑わせて貰えなかった。下手なんですネ、脚本《ほん》が。実に凡庸な、誰でも予想できるようなセリフしか出て来ない。あれは何なのだろう、って本気で考えたことありますネ。ワカらなかったけど――。

小津安二郎なんか実に上手に笑わせてくれますね。いつでも。セリフがいちいち味があってな。だから言えることは、ある時期から言葉そのものがつまらなくなった、ってことだよネ。これは実は大きなことだと思いますネ。みんなで塊まると言うか、まとまると言うか、妙な連帯してしまって、言葉まで塊まってしまった。

あ、この前〝番場の忠太郎〟みたぞ。良かったですネ。森繁が実にいいゾ。関八州の見廻り役人だったかな、あれは。歩きながら、いつも鼻歌歌ってるんだがネ、これが笑わせて面白い。渡し場で、舟見送りながら歌ってたのも、まあ、良かったですネ。

思い出したけどね。忠太郎の母親役の料亭の女将やってるのが山田五十鈴。その料亭の名前が、有名な〝水熊〟。水に熊。こういうネーミングの仕方ってのはチョット我々には出てこないんじゃないか。あ、また思い出した。俺の知り合いの実家が広島の尾道で旅館やってたらしいんだが、その旅館の名前が〝橋春〟。橋に春。橋の側にあって、オヤジが春吉だったんで、〝橋春〟。全く関係のないものをヒョイとくっつけるなんていう発想法は我々ウチナーンチュにはないところだよネ。

何かの名前なんか、いちいち意味が無ければいけないなんて考えて、チョット律儀過ぎるかも知れないネ、我々のＤＮＡは」。

善彦は久し振りに会ったのが嬉しくてしようがないという顔でうなづきながら、大いに飲み、かつ、食っていた。いつものようにほとんど聞き役だった。

ふと信平は、夕方のあの芸大生、多分ヤマトの青年であろう彼は今頃どうしているだろうか、と思った。

古酒

熊本の梶山から「遊びに行く」と電話があった。彼は沖縄にかれこれ五、六回は来ているのではないか。

「議会の用か何かあるのかね」。

「ウン、石垣に行って、その帰りにそっち寄るよ」。相変わらず張りのある大声だった。

建設委員会で石垣の水道行政視察だと言った。

「石垣なんか、参考になることなんかなにも無いじゃないか」と言うと、

「イヤ、石垣には水道の原点がある」と答えた。さすが政治家、ウマい言い方するもんだと感心した。

梶山は三年ほど前から市会議員になっていた。

大学に入ってすぐ、彼の方から近づいてきた。体育で二人とも軟式野球を選んでいたのだった。学部は違った。彼は法学部だったのだ。安部磯雄に因んだ安部球場というのが授業の場所だった。授業と言っても、毎回、適当に組分けして試合を行うのだから、楽しくて仕方なかった。

五月だったか、三振して帰って来る信平を格幅のいい丸刈りが呼び止めた。

「イヨッ、一刀斉。大きいファールだったな。立派、立派」。

何だコイツは、と思いながらも信平はハハと笑って見せた。

「構えがいいな、実にいい。一刀斉流だな」。

これが出会いだった。

野球が終わったら自分の下宿に遊びに来んか、と誘われた。大学近くの大きな下宿屋だった。日本館という時代がかった名前だった。

「そうか、沖縄か。悪いことしたなァ。俺の祖先は薩摩なんだ」と言った。

つき合いだして、随分と国士風の男だと分かってきた。大きな下駄を履いてのし歩いていた。たまに袴を着けて大学に来たりしていて、一緒に歩くのが恥ずかしかった。

プルタークの〝英雄伝〟を読んで心酔しない奴は馬鹿だ、と言って信平をがっかりさせた。聞いたこともない名前と書名だった。

級友の乾分が十人くらい居るが、お前は親友だ、と言って少し喜ばせたりもした。信平より二歳上だった。

彼の部屋には神棚が祀ってあって、恭しく拝んでいた。時々、日本刀を抜いて見せたりもした。詩吟もする。よく通る声だった。大学正門近くの喫茶店〝茶房〟でよく会った。

二年の夏休み。信平は東京でバイトに精出していたが、「八重垣の古里を見んではナ。俺の義理ちゅうもんが立たんばい」とか言って一人で石垣に行った。晴海埠頭に見送った時、梶山は厳めしい顔で雨靴履いて立っていた。

「どうしたんだ、その格好は」と言うと、

「石垣島はハブが出るとじゃろう」と言ってひどく呆れさせた。

三週間後に帰って来て会ったら、大袈裟なことを言って信平をテレさせた。

「いやあ、お前のバアさんは凄いな、驚いたよ」と言ってこんな話をした。

信平の家を訪ねた時、庭でバアさんが、きれいに咲いている蘭の鉢を片端しから割っていた。二十個ほどもあろうかというのを、金槌でたたき割っていた。流石の梶山も気圧されて恐る恐る名乗って事情を訊いた。バアさんが言うには「ウチの息子は五十前でまだ若いのに、こんなのに夢中になっておって情ない。気概がない」。

「あの気迫には驚いたヨ。南海に傑女ありだな」と彼らしい言い廻しをした。

以来彼はその話をあちこちでしたらしい。

「しかも、本当にやさしい人だな。一週間も居候させて貰ったが、実に親切にして貰った。おまけに、あの教養には舌を巻いたよ」。

父、母のことは何も言わなかった。バアさんのことばかり言った。

「石垣のような自然風土に生まれ育つと、お前さんのような人格ができると、つくづく思ったヨ」とも言った。

「どんな人格だ」と訊いたら、しばらく考えて、彼らしい没論理的言い方で「人間の景色がいいなあ」と言った。

彼のホテルへ迎えに行って、〝夜桜〟で早くから飲みだした。

梶山は学生の時と今度と石垣は二度目で、那覇はもう何度目かもワカらん、と言った。

「石垣はアレだな。空港問題で大変みたいだな。テレビでもよく見て知ってるが、現地行ったら、いや、これは難しい、と思ったヨ」と、いきなり新空港の話になった。

新空港の話はあちこちでさんざんしているから、多少僻易した気分で信平はごく短く終わらせることにした。

「何とか解決したいと思っている。今やりつつある」。

「ほお、何か妙案でもあるのか」。

「いや、妙案と言うよりむしろ反対だな。根本的なところから考え直そうと思っている。考え方の方法論を考えている、と言ってもいいな」と言って、「フン」と打ち切った。

「何度でも言うが、先生、八重垣先生、お前政治に出んか。面白いぞ」と方向を変えてきた。

「小さな会社の社長もいいかも知らんけど、バアさん生きとったら、少し淋しく思うんじゃないか」。

信平は高校の時、政治家になってやろうかなと思っていた。そして単純に、ワセダの政経が似合いそうだと思っていたのである。

ところが入って三年くらいの時に、ハタと考えが変わった。誰かにこう言ったことがある。先輩の大城さんだったような気がする。

「政治家の条件は二つですネ。ひとつ、体力があること。ふたつ、恥が無いこと。僕は二つとも該当しませんネ。体力が無くて恥は必要以上にある」。大城さんは複雑な顔をしていた。

その持論は今も変わっていない。ますます強くなっていると言える。しかし梶山には言えない。あまりにも該当するからだ。

「まあ、政治家にならなくても出来ることはあるヨ。いや、考えようによっては、いろんなしがらみ無くて、一市民としての立場だからこそ出来ることがあるかも知らん」と言い、それが癖であるところの、唇を固くへの字に結ぶような顔をした。

「市民団体を組織するようなことでも考えとるんかねエ」。

「いや､俺は組織に向かんし、また嫌いだ。一人でやるヨ。一人で考えて一人でやる」。

「ほお、一人でな」。相変わらずお前はとぼけとるな、と言いたそうだった。

「うん、だからこそな。その一人で考えるというその考えの中身をとことん考える。圧倒的に説得力あるような、つまり論理をだな」。

「論理ねェ」。梶山はアバサーの唐揚げを食っていた。

「新空港もそうなんだが、他にも考え続けていること、あるヨ」。酒をグイと飲んだ。泡盛の三十年ものだった。梶山も気に入ったようで
「おい、これ旨いな。古酒か」と聞くから
「うん。酒は古酒、女は年増」と答えた。

「ほお、洒落たこと言うじゃないか」。

「いや、何かで見たような気がする」。

「そうだろうが。お前にしては出来すぎじゃと思うた、ト」と言い、少し石垣の話をして

「お前が連絡しといてくれた、あれ何という名前じゃったか、あれ、いい男だな。たいへんご馳走になったワ。石垣は国境の街だからシッカリ頼むと、言っといたワ」。「そう言えば電話あったヨ。市会議員の身分で代議士みたいな、いや大臣みたいな格好してるナとも言ってたぞ」と言うと、梶山は無邪気に嬉しそうな顔で「そうか、そうか」と応じた。

「八重垣、お前は昔から素朴な非武装中立論者だが、今も変わらんだろうな。いや、国境の街であらためて思ったヨ。国の防備あればこそ、あの平和だ、とナ。やっぱし、悪党に備えて戸締まりはしっかりせんといかんばい」と、それこそ相変わらぬ陳腐な戸締まり論を披露した。

酒が不味くならない程度に少しだけと思い、信平は簡単に言った。

「武備をしっかりしとったら、薩摩の進攻も無かったか……」。

梶山が少し険しい顔つきになるのも構わずに「そしてお互いに殺し合って何千人も死ぬと――。まあ、結果は分からんがナ。やはり琉球は負けて同じことになったかも知らんが……ナ。梶山」。

梶山は目をつぶって腕組みした。信平は気遣ってやって「歴史的発展段階としては仕方なかったかもナ。どこにもあることだ」と言った。そして「だけど、何百年経っても同しこと繰り返しとったら、人類は本当に情ないよな。もう少し知恵を出さんといかんと思うヨ。知恵をな。さっき言ったけど、俺流に言うと、深い叡智に充ちた論理をな、つくらんといかんと本気で思ってるヨ、梶山」と続けた。

「俺も沖縄に生まれとったら、八重垣みたいな思想になっとったかもわからんナ」と珍しく殊勝なことを言った。気分転換にと信平は

「沖縄の師範学校でナ、戦前の話だ。

歴史の試験で〝応仁の乱の結果について書け〟というのがあった。一人の生徒がネ、こう書いたそうだ。〝死んだ者も居れば、生き残った者も居る〟。ハッハッハッハッ」。

「ワッハッハッハッ。偉い奴がいたもんだな、ウン、偉いッ」。少し間をおいてから

「そうだ、八重垣。お前の尊敬しとったあの大城さんナ、俺も一度だけ学生の時会っただろ、その大城さんナ、県庁で聞いたけど、エライ評判いいな。切れ者なんだナ、やっぱり。ああいう先輩がいるというのは嬉しいね、同窓として」と言った。

信平が「フン、そうだな」と応じて、そろそろ帰ろうかなという顔をしたのを梶山は察して、こういう結び方をした。

「熊本帰ったら、行きつけの料亭の女将喜ばしたろう。酒は古酒、女は大年増！」

正統派保守政治家らしい張りのある声だった。

沖縄サミット

二〇〇〇年の夏に開かれるサミットが沖縄と決まった時、言いようのない苦いものを信平は感じていた。

沖縄懐柔。ようやるヨ、と思った。

こちら側のあまりにも無邪気な喜びようとハシャギ振りが、ますます彼の心を鬱陶しくさせていた。

テレビのニュースは、地元選出の代議士達が弾けんばかりの笑顔でカチャーシーを踊っているのを伝えていた。大城さんも写っていた。彼は二年ほど前に代議士になっていた。

信平の頭にサッと閃いたものがあった。

伝七に会ってみよう——。

二日後、用意したものを持って琉球タイムスを訪れた。常務室に真直ぐ向かった。

仏の伝七。古めかしい名前に、大城さんがつけた愛称だった。ピッタリだった。

大学に入ってすぐに親しくなったのが伝七だった。読谷村の出身。純朴そのものの顔だった。いつも一緒にいる信平と伝七を見て、大城さんが言った。「割れ鍋にとじ蓋」。

卒業の年になって、琉球タイムスから連絡があったと、その頃は院生になっていた大城さんに二人が喫茶店に呼ばれた。

「政経から一人採りたいと言っている。どうする？　お前ら」と言われた。

信平が政治で、伝七が経済だった。就職のことを真面目に考えていなかった信平が、行こうかな、と答えようと思った一瞬先に伝七が手を挙げた。「僕、行きますよ」。

いつもおっとりしている伝七にしては素早い反応だった。

「あ、お前、行ったらいいヨ」と信平は言った。大城さんは〝いいのか〟という目付きを信平に向けたが、信平はこの一番の親友を祝福したい気持ちだった。

伝七の母親が何年か後に、大城さんにこぼしたことがあるそうだ。「大城さんヨ。ワッター伝七ヨ。ワセダの経済出てるのにヨ、全然経済観念が無くてヨ、家庭はもう大変してるサア」。

大城さんの答えがフルっていた。

「お母さんヨ、ワセダの政経というところはですネ、家庭の経済を教えるところではありません。国家の経済を教えるところです」。

お母さんが充分納得したというから、おかしかった。信平は大城さんに言った。

「この母にしてこの子あり、ですネ」。

と言いながらも信平は、苦い気持ちで自分の経済観念の甚だしい不足について思いをいたさざるを得なかった。例えばこんなことがあった。

社会に出て間もない頃だった。仕事で南部方面を走っていて、ドライブインレストランが目に止まり、そこで昼食をとることにした。

中華ランチをとった。終えて勘定書を見たら一万円とあった。いささか驚いた。一万円は高いではないか。しかし、よく考えてみると割合いに豪勢だったし、そんなものかも知れないと思った。これからはよく値段を見てから、と反省した。レジでお釣り九千円渡されて、また驚いた。そして、おかしくなった。一桁見間違えたのだった。

支局時代、伝七は運転免許の試験に二度続けて落ちた。それで車は諦めて、オートバイの試験を受けた。ところが、それにも落ちた。それで、ずっと彼は自転車である。

それからさらに何年後だったか、と信平は思い出していた。伝七が「家を建てた」と言ったのである。すこし不思議な気持ちがした。

――何だか似合わない。

しばらく経って会った時に――〝夜桜〟だったと思うが――絶句してしまうようなことを彼は言ったのである。

「間違ってヨ、他人の土地に家を造ってしまってヨ」。

こんなことがあるのだろうか。信平は頭の中がウニになったように感じていた。いろいろな偶然が重なった結果ではないか、と伝七は言った。先祖伝来の土地に建てたつもりが、似たような姓名の多い地域だから、一門の誰それの土地だったことが後で分かってもめている、と言った。

建築申請の時に役所も見落としがあったみたいだ、とさすがに少し困ったような顔をしていた。


新装なったビルの広々とした役員室ロビーで待たされている少しの間、あの時のスピードが逆だったら、あるいは自分がここにいたのかも知れないワケだ、と信平は思った。そして、それはあまりにも平凡な感懐だ、と少し愧じる思いも同時に起こったのだった。

お茶を一杯飲んでから
「その後聞いてないが、お前のあの土地の問題はあれからどうなった」と訊いてみた。

「だからヨ、未だヤッサ」。

相変わらぬ涼し気な態度だった。

「いや、用というのはな。サミットよ、サミット。あれ何にもなしでは面白くないじゃないか。お前のところが音頭とって、何かやらないか」。

「何かって？」垢抜けないブルー系のネクタイをゆるめながら訊いてきた。

「サミットのハイライトは何と言っても、宣言だよな、宣言」。

「ウン……」。

「その宣言をだな、こっちで勝手にだな、全国から募集して作ろうじゃないか、ということなんだが……」。

「……」。

「格調高くて内容のあるものを選ぼうじゃないか――ということなんだヨ」。

伝七の顔がたちまちのうちに赤く染まってきた。こいつ血圧高いんじゃないのか、と信平は思ったが、それは言わずに続けた。

「募集から審査から発表まで全部こっちでやる。つまり沖縄の民間だけでネ。そして、その全過程をメディア駆使して日本中に発信する。沖縄中のマスコミを動員する、というのはつまり、各系列の新聞・テレビが全国版で流すよう仕掛ける、ということさ。ここが一番大事だよナ。しかも一回きりじゃない。話題性を次々用意しなきゃならん。企画の意味から、募集の仕方から、審査員の顔ぶれから、当選作の発表の仕方まで、全ての構えを大きくとることが大事だヨナ。ちんまりとやっちゃあほとんど意味がない。例えばだよ。沖縄の全マスコミ協による共催と言ったけど、本当はそこが音頭をとって、全国的な組織つまり新聞協会みたいなところの主催とかにしたいんだヨナ。そうなるとだナ、やりようによってはだヨ、たとえば当選作の紹介の仕方などによってはだナ、政府自体が無視出来なくなるようになる可能性だってあるわけだヨ。そこが本当のネライだな。やりようだ。やりよう。

政府にとってはとんでもなく過激な内容が、格調高く美しく表現されているものを選びたいネ。………サミットを乗っ取ろうということさ」。

息をのみ込むような顔つきで、伝七は黙って聞いていた。

「俺の考えをここに整理して持って来た。目を通してくれ」。A四サイズの四枚にワープロされた物が渡された。

さすがに読むのが早い。アッという間だった。――大丈夫かネ、コイツ。

「な・る・ほ・どネ」。顔が更に赤らんでいる。

「やるヨ。ウチだけでやる」。

「いやいや。これはお前のとこだけじゃなく、全沖縄マスコミ協として取り組んで貰うことが大事だ」。

伝七は黙っていた。こういう時、もう態度が変わることはないナ、と信平は諦めた。だが、一言付け加えた。
「一等の賞金をかなり高くすること。これだけはちゃんとやって貰いたいネ」。
伝七は真直ぐ前を見ていた。そして
「ヒージャー食いに行くか」と言った。

信平の示したスケジュールより約三ヶ月遅れて琉球タイムス一面中央に社告が載った。青地に白ヌキでサイズは大きくないが、扱いとしてはまずまずだった。

「私のサミット宣言」というタイトルも、要項、内容もほとんど信平のプラン通りだった。だが、一社事業というのはやはり大きな不満だった。それに賞金も少な過ぎた。最優秀作が十万円というのでは、あまりヤル気が起こらないのではないか。

思った通り、反応は乏しかった。応募総数百二十六篇。県外からはわずかに三十篇ほどだった。

信平の作品が最上位だったけれど、佳作。

つまり、最優秀作は該当なし、だったのである。賞金三万円也。女房の名前にしといてよかった、と思った。

女房の写真とともに全文が載っていた。

要するに、このサミットを武器・兵器全廃の契機にしたい、というものだった。

選評に「理念は分かるが、もっと具体性が欲しかった」とあった。

〝宣言〟の体裁をとりつつ、あの内容を八百字でどう具体的に表現出来るのだろうかと、信平は苦笑した。

空しく切ない思いが湧いてきた。俺のものがトップとはネェ。

結果から言うと、何の為にこのプランを出したのか全く意味がない、と思った。全国レベルだから、期待していたのである。

〝大体において俺のプランは矮小化されて実現する〟。

これまでの体験で信平が得た結論のひとつである。

岸本

バー〝林〟は二階にある。その狭く急な階段を昇りながら、岸本はもう来ているだろうな、と信平は思った。

ドアを開けると、ほの明かるいカウンターのいつもの席でタバコをくゆらしているのが目に入った。マダムの葉子と談笑していた。

他に客は無かった。

「イヨッ。相変わらず第二芸術にいそしんでいますか」と信平は言いながら腰掛けた。

「あら信平さん、お元気でしたか。ネエ、今度の吟行、信平さんもいかがですか。八重岳ですけど」。声はいい方だと信平は思っている。

「フン、冗談じゃない。群《むれ》で俳句ひねるなんて図は思っただけで空《そら》恥ずかしい。第一、銀行思い出して気分悪いんだからネ、俺は」。タバコを取り出しながら言った。

「ママ、こんな田舎の人に風雅な話しないで下さいよ」。ニヤニヤしながら岸本が言った。久し振りに信平に会うのを嬉がっているのがよくわかる。——よくもこう太れるもんだ。

信平は俳句を全くやらないのではなく、岸本に合う日には一句持って来ることにしていた。

さっき飯を食った〝夜桜〟の割箸入れの袋を開いて書いたものを無造作に取り出して「どうかね、本日の秀句」と言って見せた。

愛猫に手の甲咬まれて梅雨に入り

マダムが声に出して読んだ。——声は悪くないんだよナ。

「信平さん、私の教えがまだよく分からんようですナ。ここは川柳を語る場所ではないんですから」。岸本は一層顔をほころばせている。

うん、確かに言えてるかも——。自分だって、何だか、墨東に沈倫する永井荷風のようなヒネた作りだとは思っている……。

「こんなのはどうかね」と言って、信平は去年見つけた亡兄の作を聞かせた。

思ひ出を廻す手つきや赤とんぼ

マダムが「ああ、いいですね。うん、いいですよネ」と言って岸本を見た。

「おや珍しい。信平さん、いいですヨこれは。思い出を廻す……いや、立派です。立派」。

死んだ兄貴のものだ、と言って信平は冷や酒をぐいと飲んだ。そして岸本の方を向いて

「漱石の有名な〝肩に来てひと懐かしや赤とんぼ〟なんてのはやっぱりいいよナ。ひと懐かしなんかチョット出てこないんじゃないですか。ネェ、大先生なんかでも」。

ひとしきり俳句の話をして、岸本の方から話題を変えてきた。弁護士らしい議論好きである。信平より一つ年下だった。

「今日の昼、裁判所の控え室で国会中継少し見ましたけど、つまりませんナ。どうしてあんなはぐらかした答弁を追求できないんでしょうかネ、野党側は。はぐらかされたまま次の質問に移るなんて考えられませんけどネ、我々には」。

今日は少し長々とやってやるかと、信平は思った。

「国会中継見ていて思うことがあるネ。国会だけじゃなくて、県議会でも、多分市町村でもそうなんだろうが。アレは何であんなにムダなことやるんだろう、って思うよ。ホラ、いちいち答弁席まで歩いて行って答弁して帰って、議長に言われてまた立って行ってと繰り返しているだろう。勿論、質問の仕方も同じだよナ。いちいち質問席に立って。

二人とも最初から最後までずっと座ったままでやり合ったらどうなんだ、と思うんだがネ、先生。第一、体力消耗するじゃないか。

時間的にも無駄だしな。それから、人間は立ってると気も立って興奮し易くなって冷静な議論しにくくなるじゃないか。また、いちいち議長が指名しなくてもいいじゃないか。

誰が誰に質問してるのか、はっきりしてるんだから、しばらく二人で自由に議論させればいいじゃないか。その方がよっぽど中味が深まるんじゃないかと思うんだがね。議長は、ただ調整役として、公平でまっとうな議論が出来るように適宜指示すればいいと、思うんですがネ、先生。

伝統と形式というのは一応分かるとしてもですネ、論議の内容をより深める、という点を優先させるべきだと思いますネ。テレビ見てる方だって、その方がはるかに面白いに決まってる。スピードがあって、迫力があって、なによりも第一、自然だしな。俺が若し何かの議員だったら、最初の質問にこのことを先ず取り上げますね。顰蹙買うだろうけど。

あ、それから。その、今俺の言った方法でやると、もうひとつ大事なメリットは——。いちいち事務方が資料やら答弁書やら持って行って肩の後で何やかやとささやいてコーチしてるだろ、あれが出来なくなっていいと思うんだよネ。答弁者は事前にじっくりと勉強し整理しておかなくてはならなくなるから、その方がいい。ついでに言うと、資料見なきゃ答えられないような質問はそもそもするな、って言いたいネ。細かいことはトップじゃなくて担当部局に質問すればいいことだし、またそれは何も本議会なんかじゃなく、日常レベルでやっておいて貰いたいと思いますネ、先生。大事なことは基本的な考え方とか、方向についてだけしっかりと論議すべし、ですヨ。そんなのに資料も何も要らんだろう。

大体、国会議員の数がムチャクチャに多過ぎる。衆参合わせると約八百人か？　沖縄だけでも比例入れると、十人いるだろう。十人だヨ。何やってるんだろうネ、十人もいて……。

参院の廃止も含めて、ともかく角、今の何分の一かに減らすべし、と思いますネ。沖縄なんか三人でいいんじゃないか、三人で。どうして三人かと言うとだナ、とりあえず二大政党をよしとして、それでカバー出来ない分一人を加えて三人と、言うことなんだよネ。

国会議員の数を今の三分の一くらいまでは少なくとも落とす。その上でさらに言いたいのは、連中の歳費つまり年収だナ、あれも馬鹿みたいに高いから、これも何分の一かに落とす。なにしろ、あなた、ヘンな手当なんか入れると年間ン千万円貰ってるんだゾ。ン千万円……。

すると、反論は決まってこう言うんだよネ。〝政治は金がかかる〟って。馬鹿じゃないかと思うネ。みんなで金のかかるようなことやってるからじゃないか。

地元に事務所があるよネ。あんなの廃止させる。何で事務所が必要なんだ。自宅でやれと言うんだよネ。私設秘書なんかも要らない。公設だけで十分だろうが。三人もいるんだヨ、三人も。

後援会も全廃する。あんなのがあって、年から年中選挙運動やってるから、金がかかるのは当然じゃないか。それを出来ないようにするには、先ず彼らの年収を一千万円くらいに落とす。それだって悪くは無いだろう。公設の秘書は残すんだから。

勿論、政治献金は一切認めない。完全禁止。これも勿論だが、パーティーなんてとんでもない。一切禁止。そもそも、選挙運動は全くさせないようにする。ポスターベタベタなんてとんでもない。

一切そういうこともさせない。街頭演説なんかもうるさくてかなわんから、それもさせない。

じゃ、どうやって候補者の考えや政策を知るか、と言うとだナ。選挙期間中だけ、公営のつまりＮＨＫで、候補者集めて討論会をやる。選挙民はそれを見て、じっくり選べばいい。それで十分じゃないの？　見逃したとか言わせない為に、何回でもやる。テレビの無い家は、なんてことも言わせない為に、公民館かなんかに設置していくらでも見られるようにする。

そうすると金はかからない。従って、金の無い奴でも立候補出来るようになり、少しはましな奴も出てくるようになる——と。

運動員とか本人の戸別訪問？　それは止めようがないんじゃないの。冠婚葬祭にかこつけていくらでもやりようはあるし、現にそればっかりの政治家もいるし。それは仕方がない。ただだナ、選挙民がしっかりしてさえいればだヨ、訪問されたら、ウルサイと言って帰せばいいだけのことじゃないか。冠婚葬祭に来られたら、呼んでませんって言えばいいじゃないか。

というような、抜本的な改革を政治家が自らやるワケはないよナ。それでだネ、俺の言いたいのは——。

大学で政治学やら地方行政やら教えたり、研究したりしてる学者先生て掃いて捨てるほどいるだろう。問題はこの連中の怠慢だと思うネ。何やってるんだろうね。そういうのが専門で、また仕事なんだからネ、仕事。勿論、政治評論家なんか当然ふくめてネ。もっと真面目にお仕事やってもらいたいですネ。いくらでも機会と時間はあるじゃないか。

どうして、こういう根本的なところを問題にしないのかね。既成概念にとらわれ過ぎだネ。情ないネ、あなた、先生。

それと同時にあれだよナ。マスコミ、ジャーナリズムの怠慢。センスが悪過ぎるネ。

現代社会の根本的なところに疑問感じたり、問題提起したりなんて当り前のことなんですがネ。これも、同じだろうネ。既成概念に安住し過ぎて硬直化して、思考停止状態という他ありませんネ。

長くなるから、端折るけどネ、今言ったことは実は日本社会全体のいろんな問題と関連してるんですよ。いいですか。汚職、贈収賄、談合、天下り、これは輪になってグルグル回ってるんですよ」。ここで岸本が少しおどけて「う〜ん、全ては回るー」。「私に言わせればですネ、おっとマダム、葉子さん、これもう一本。全ては政治に金がかかる、というところから発している。鶏が先か卵が先かなんて陳腐なこと言っちゃいけませんヨ。はっきりしてる。極めてはっきりしている。先ず、政治家の収入を思い切り落とすこと。それに尽きます。ごく自然に、政治に金をかけられなくなります。なにしろ、パーティーなんてとんでもない、禁止するわけですからね。全ての献金も当然禁止。あ、これ、さっき言いましたネ。俺自身が回ってきた。

えーと、ついでですからね皆様。もう少しご静聴願いますヨ。こんな貴重な機会はなかなかないですからネ。いいですか。えーと。

小数意見の尊重、と簡単にひと言で済ませてるけど、本当は深い意味内容だと思いますヨ。

民主主義は平等が基本だよネ、言うまでもなく。ものの決め方において平等の権利を以ってする、と言ってもいいよネ。そこで、〝決め方〟というのは大きく二つに分けられる、と言えるだろうよネ。ひとつは選挙がありますよネ。誰かを決める、という意味での決め方。そこで、凄い知性の持ち主も、どうしようもない阿呆なガキも全て平等な一票を以って投票すると――。ある側面から言うと、矛盾と言うか、不合理とも言えるよネ。だけどこれは仕方がない。人間の政治的権利としての平等性はあくまで尊重すべきだからな。

もうひとつは決議というのがありますネ。

これも同じような事情で平等にしなければならない。だから、最後は多数決というのは仕方がないよナ。馬鹿な人間が多くて、馬鹿な結論出しても、仕方なく従わざるを得ないと。問題だよネ、そこが。権利としての平等は結局、数の論理を導くことになる。

というような、大きな不条理というか、矛盾を抱えている……民主主義は。だからだヨ、だからこそ、その矛盾・不合理・不条理をいくらかでも補うという意味合いで〝小数意見〟を尊重しなければならない、と私は思うワケですネ。そうすると、問題はその尊重の仕方ですよネ。その点をもっと真剣に考えなければならないじゃないか、と思う。大きな矛盾をカバーして帳消しにするくらいの尊重の仕方をすべきじゃないかと思うんだネ。

だから例えば、ひとつの方法は――。

国会での質問時間の割り振りの仕方なんか、俺は前からおかしいと思ってるんだがネ。今のあり方は。

少数党つまり野党にこそ、もっと言うと、より小さな政党にこそ多くの時間を与えるべきではないか、と思うワケですよ。つまり、議員の数に反比例するような時間配分の仕方をする、ということですネ。

同じ論理で、政党助成金についても言いたいですネ。

あんなの全廃しろ、と言いたいけれど、強いてやるなら、議員の数の少ない政党ほど比率において多額の助成をする、という仕組みにすべきだと思うネ。

小数意見の尊重というのは、具体的にそういう現れ方をすべきだと、思いますネ。

何を以って平等とするか、というのは確かに難しいけれど、今言った方法なんかは、より広い意味での平等、公平じゃないかと私は考えているワケです」。

ふーと息をついて信平はお銚子の追加を手で葉子に示した。そして、さらに続けた。

「それから、最近話題になりつつある、〝裁判員制度〟なんてのも僕はおかしい、と思ってるんです」。

ニコニコしていた岸本は、自分の領域が侵犯されつつあるのを察して、ここは黙っておれないという顔つきになったが信平は続けて言った。

「何が司法参加なんだヨッ。

その前に政治参加だろうがッ。おっと、正確に言うと、〝立法参加〟だろうがッ。

そりゃあマア、選挙というのがあって、誰でも立候補することはできるよネ。しかしそんなこと言うのなら、誰でも司法試験はうけられるワな。同しことだよネ。機会は平等に与えられているという意味では——。

それをですよ、クジで裁判員を決めると言うのであれば、その前にですヨ、それ以前にだヨ、断然、クジで国会議員を決めるべきではないのかネ、せめて三割くらいは——」。

「ムムム………ッ」。岸本氏は顔を真っ赤にしたが、言葉を継ぐことは出来なかった。

「うわッ——、クジで国会議員！　大胆！」。

マダム葉子は富士山頂で初日の出を拝むような顔をした。

岸本は於茂登山に初めて登頂したような顔になった。つまり、ある程度の爽快感に浸るような顔になった。

信平は唇の端を少し歪めて見せて、ほんの少し微笑んでから
「殆どの者が敬遠するであろうところのですヨ、裁判員と違って、これなら、つまり国会議員なら誰でも殆どの者は喜んで引き受けるのではないですか？

裁判員制度が民主主義の進化につながると言うのなら、クジによる国会議員制度はもっとはるかに民主主義の進化じゃあないんですか？　しかも、勿論全員だとは言わない。

いろいろ問題もあるから、議員総数の三割くらいです。大体三割くらい」。

岸本とマダム葉子は同時に、遠くを見つめるような顔をした。

「信平さん、大演説でしたね。最終弁論みたい」。マダムは笑った。

岸本は飲みながら天井を見たり、葉子を見たりして聞いていたが、「イヤ、ご高説大体において賛成ですナ」。

と言い、珍しく反論にかかってくることはなかった。「ママ、僕も冷やに変えます」。そう言ってビールのグラスを押し戻した。そして、「さっきの話に戻りますけどね。漱石に。私は俳句の師匠としてですねネ、勿論子規は随分研究してますけど、実はあんまり漱石読んではいないんですヨ。正直に言って、そんなに面白いとは思えないんですが、どうなんですか。夏目漱石はそんなに偉い人なんでしょうか。ひとつ今度は

漱石に関する最終弁論を聞かせて下さいヨ。八重垣信平先生」。

信平は図に乗ってやろう、と思った。

「高校の時にある程度は読んでいたけどネ、今度、読み直しを含めてほとんど全部と言っていいくらい読んでみたヨ。〝明暗〟までな。例の講演〝私の個人主義〟から房総に行った時の、ホラ何とかと言った紀行文から、漢詩集までナ、全部。

結論は、前からの持論と変わらない。むしろ、ますます強まった。と言ってもいいな。〝坊ちゃん〟ですネ、〝坊ちゃん〟。何と言っても私は〝坊ちゃん〟を以って第一等としてますな。いくつかポイントを挙げることが出来ると思うが、先ず第一に、何といっても面白い。ストーリーそのものの面白さ。構成の巧み。人物設定の卓越。それから今度あらためて思ったけど、やっぱり文体が凄い、と思う。なにしろほとんど江戸時代に生まれて、今現在そのまま通用する文体つくったんだからな。

と言うより、あれがそのまま今日の我々の表現方法になった、と言ってもいいんじゃないか。地の文といい、会話といい、な。現代語はあれがスタートだった、とさえ言えるんじゃないでしょうか。よくは知らないけど、多分。素人はいいですネ、いい加減なこと言えて……。葉子さん、冷やあと一本だけ。

あのテンポの良さ。あれはやはり背後にある落語からきてるんだろうナ。よく言われるようだけど、やはり落語の影響は第一に挙げるべきじゃないでしょうか、ネ、先生。最後、いいよナ、凄い。〝だから清の墓は小日向の養源寺にある〟なんて終わり方、格好いいですネ、全く。そして、山嵐とも音信不通だなんちゃって、気持ちがいいですネ、岸本先生。

我々だとすぐ連絡とり合ったりなんかしてナ、なんちゅうか、女子供みたいだもんネ。

あ、葉子さん、失礼。あ、〝新政〟おいしい。

最初から最後まで、スパッスパッとした切り上げ方と言うか、納め方。〝坊ちゃん〟は爽快だよネ。そして面白い、と。そして、文体をつくり出した偉大さと……。

僕はアレに比べたら〝猫〟なんかまだるっこくて好きじゃないですね。気取り過ぎる感じさえあってイヤですね。

〝こころ〟なんか論外と言いたいくらいのもんだナ。タイトルからして嫌いですネ。あれが一番なんて奴、結構いるみたいだけど、冗談じゃないと思うネ。映画で言うと、フェリーニの〝道〟が一番、って言われてるみたいでウンザリしますネ、私は。

〝坊ちゃん〟以外はみんな似たりよったりじゃないのか。第一、長過ぎると思うネ。なんであんなにグジャグジャと書かんといかんのかネ、と思ってたんだけど、最近、ハタと思ったことがある。新聞連載という事情からきてるんじゃないかと、思ってますねネ。

それで飯食うんだから、延々と書いて金貰わんといかん、ということじゃないか？一方で読者の側も、娯楽あるいは活字がまだ少ないから、新聞読み物ってのは多分、我々が考える以上にウケていて、長たらしいの、むしろ喜んでいたんじゃないのかネ。そうとしか思えん。

〝門〟はそんな中では好きな方だナ。スリリングで読ませるんじゃないか。テーマもいかにもあの頃の知識人の憂鬱みたいなのハッキリしててな。

スリリングという意味では〝明暗〟は最後まで読みたかったナ。長たらしさ、そう感じさせないよナ。あれは。

俺はヒネてるかも知れないが、かの悪評高い〝虞美人草〟割合い買ってるんですよ。何と言うか、舞台劇みたいな面白さがあるじゃないか。舞台劇的過ぎるところがむしろ欠点かも知れないが。しかし、短くていいよネ、珍しく。今度読んでみて思ったんだが、昔は全く気付かなかったところがあったナ。

つまり、物だな、物。家具とか調度品とか器とかネ。二、三ページにひとつふたつ出てくるんじゃないか、その記述がネ。物に対する執着と言うか、愛着と言うか、あのへんちょっと感動したナ。つまり、職人技に対する素直な敬意みたいなのが感じられてネ。要するに珍しく、理屈ぽくないワケなんですネ。

それから、なんですネ。漱石にずっと感じられる神経質さとか臆病さとか、ホントに痛々しいですネ。よく言われる、新時代の知識人のトップとしての不安と焦燥とか、西洋文明体験からくる落ち着かなさとか、勿論そういうのが背景にあることは間違いないが、それよりも……。あ、岸本タバコ一本くれ。

もっと具体的、基本的に漱石を脅かしているのは病気だナ、病気。あれだけ、子供の時から死ぬまでの間ずっといくつかの病気抱えてるワケだろ。これは大変なことだと思うネ。

疱瘡、胃弱、神経衰弱、糖尿、リウマチその他全部で七つくらいあったんじゃないか？病気の他にいまひとつは生い立ちだよネ、生い立ち。養子にやられたり、また戻されたりナ。江藤淳だったか？〝父の不在〟という言い方してたのは、忘れたけど……。

漱石に感じられる暗さ・痛々しさというのはだから、抽象的・形而上学的というよりもはるかに具体的なものが原因してると思うワケですネ。――病気と生い立ち。

それと闘いながら物書いて、傑作残して、弟子育てて、やっぱり凄いと思いますヨ。

それに、あれだろう？　当時、英語学者としても日本一だった、と言われてるだろう？　偉いですよネ。

ただ、漱石だと言うと、何でもかんでも名作として奉る風潮があるのはどうかと思いますがネ。

漢詩、みんな読んでみたヨ。子規の批評も面白かったナ。青雲の志と正反対の境地に敢えて身を置こうとしているところが却って若々しい、と思ったヨ。

その中でチョット身につまされると言うか、ハッと思った一箇所があったネ。〝多読人生をあやまるを愧ず〟みたいなところがあるんだよネ。多読必ずしもいいとは言えない、と俺は前から感じるところがあったからネ。

あ、それから……。

二十年くらい前だったかにネ。

徴兵忌避者としての漱石、というのを読んだ憶えがあるんだよネ。誰が書いたか忘れたけど、北海道からどこからあちこちいろんな所に籍移しているらしいんだネ、戸籍。

それは結局、徴兵逃がれの手段だった、と言うんだよネ。偉いッて思ったネ。あの時代にだヨ。国を挙げていい気になって海外進出なんて言ってる時代にですよ……。

臆病だろうが、弱虫だろうが、何だっていいんだヨ。何が何でも、どんなこととしてでも兵隊に行かん、っていう意志、私は感動しますネ。大賛成ですネ。卑怯と言われようが、何と言われようが、戦争なんか行くな、逃げて逃げて逃げおおせろ、って私は思ってますからネ。〝逃げよ漱石!〟。

本当はネ、漱石の一番尊敬するところは、実はここなんですよ。私は。

事実関係はどうか分からんが、それはどうでもいい。そうであった、と俺は決めつけることにしている。後に生まれた人間の強みだな。〝徴兵忌避者・夏目漱石〟格好いいなあ」。

岸本は本夕、聞き役に徹したい気分らしい。この貧乏な弁護士は〝林〟の十年一日変わらぬ——それも唯一の——ツマミ、カラスミを舌の先で弄んでいた。そう言えば、マダム葉子は長崎の出だと言っていたな……。

原風景

郷里の後輩で今は沖縄新報の政治部記者をしている久田が勢い込んで電話してきた。

大体いつも彼はハイテンションである。

大男だし、馬みたいな奴だと信平は思っているが、可愛くも思っていた。オッチョコチョイで、いつでも駆け出しそうな目をしている。ドウドウと言って腹をさすってやりたくなる感じであった。馬はそうすると、落ち着くのである。

「先輩、アレ大変な評判ですヨ。次長がベタボメです。どうですか。セットしましょうか。いや、会ってみた方がいいと思いますヨ」。

すぐには何のことか分からなかった。大袈裟な男だから、またか、という感じも少しあった。

「まあ待て。オイ、この前お前にやった〝豆腐餻〟旨かったろう、どうだ」と言うと
「あっ、凄く感激しましたネ。あんな〝豆腐餻〟食べたことないですヨ。どこで作ってるんですか」と、方向変えて、たて髪振ってる様子だったので、うっちゃっていなし
「フン、まあいい。何だ、その大評判のアレというのは」。

「沖縄原風景ですヨ、原風景。局内でコピー配って、騒いでるみたいですヨ」。

ほお、と少し信平は嬉しくなった。しかし、こいつの言うことだからナ。

政経面のコラムに何か書いてくれないかと、この馬に前から言われていたが、テレ臭いから断ってきた。それに、折角なにか書くのなら、もっと実効性のある方法でな

いと、という気持ちがあったのである。

そのうち、「今度来た次長は大変面白い。凄い切れ者でやり手ですからネ。僕がセットしますから一度一杯やりませんか」と、何度か言って来ていた。

内閣府の出先機関〝沖縄統合企画局〟の次長ということらしい。

言いたいことなら山ほどもあるが、無いと言えばまた無いとも言えるのだった。

それに、役人は苦手だ、という強い意識があった。過去に忌々しいことが何度もあったからである。一例を挙げると――

会社の営業部長があんまりしつこく言うので、一度だけ県の役人を接待したことがある。

大失敗だった。〝威張っている〟と言われて、却って以前よりもマイナスになってしまったのだ。威張ってなんかちっともないのに、とも角、そう思われてしまったらしい――。

〝似合わないことはしない方がいい〟という信平の持論はその時からますます強くなっていた。

次長に会う気はなかったが、その代わりにというつもりで、四、五ページにまとめて書いたものを馬に渡してあった。「お前のお友達の次長に上げてみて……」。

それが〝沖縄原風景復元計画〟だった。

「じゃあ、〝夜桜〟ででも飯食うか。勿論、お前もいるんだろうな。いやだからネ、俺一人では」。

「当然ですよ、先輩。先輩は意外と人見知りする人だから当然ですよ。ヨシ、決まりですネ」。鼻息が激しくなっていた。

思ったより若い人だった。五十歳くらいではないだろうか、と信平は思った。

「ふうん。静かでいい所じゃないの」と言いながら、次長は小上がりの部屋に入って来たのだった。少し小柄で色白。メガネをかけていた。とっちゃん坊や風だった。

「ふうん、電気工事屋さんですか。うちの仕事も少しはとってますか」と、信平の名刺を見ながら言った。

「ハア、ま、少しは」と信平は言って、なるべく仕事の話はしたくないと思った。

「この人、営業ベタな社長ですからね」と馬が気を遣ってくれた。

泡盛が大好きだ、と言って次長は古酒を飲み始めていた。

「〝復元計画〟面白いですネ。もう少し具体的に書いて貰うと、もっといいんですが」と次長が言ったので、信平は

「はあ、有り難うございます。しかしですネ、あとは役所の方でやって戴きたいですよネ。検討して戴いて、若し本当にいいと思って下さったらですヨ。先ずは、〝基本構想〟あたりから作らせてみたらどうでしょうか」と応えた。

何らかのアイディアがあるとしたら、行政のパターンとして先ず〝〇〇基本構想〟というものを作らせる。その向きの業者に発注するのである。〝計画屋さん〟と呼ばれている。次に〝基本計画〟というのが作られる。

そして、〝実施計画〟と進むのである。それくらいのことは信平でも知っていたのだった。

彼の書いたのは、そのアイディアの段階のものである。まあ、渡すくらいは渡しといてみるか、というくらいの気持ちだったのだ。

若しも本当にいいと思うのなら、あとは行政マンの能力の問題だ。何がもっと具体的にだ……。

次長は「うん、そうネ。先ず〝基本構想〟ネ。手っ取り早くネ。ヨシ、それ、やっちゃおうかな」と言いながら、丁度入って来た女将の顔をチラと見た。好色そうな目だった。

久田はビールをそれこそ馬飲しながら、「そう言えば、次長」と言っていきなり話を変えてきたのだが、信平は興味がなかったから、しばらく石ミーバイの煮付けに専念した。

信平のプランは——。

大戦で島の形が変わった、と言われる程の沖縄全体を、出来得る限り昔の姿に戻そうというものであった。それも王府時代、蔡温の頃をイメージして。最初に、その〝意義と意味〟を述べておいた。そして、具体的に——

海岸線の人工構造物は、防災の為の必要最小限を除き白浜の姿をとり戻す。

河川の護岸や砂防ダムについても同じだ。

道路は可能な限り琉球松に統一して並木をつくる。表面的かつ安直な一鉢運動などは泣きたくなるほどのみっともなさだ。

従って、植栽の為に邪魔となり、かつ、景観上甚だしく薄汚い電線・電柱のたぐいはこの際徹底的に地中化してゆく。

街並みはこれも可能な限り赤瓦を推奨する。木造建築物大歓迎だ。

円覚寺その他の寺社の復元・再建をする。必然的に県立芸大移転問題を考えなければならなくなる。

名所、旧跡を極力復元する。

王府時代、各村々に在った番所や馬場も復元する。機能は今日的需要に基づいて考えればよい。

児童・生徒を動員して、昔あったが如く植林作業を復活させる。ｅｔｃ……。


国や県は沖縄の言わゆる振興開発事業のためのアイディア、つまりネタが切れて苦慮している、と報じられていた。信平の〝計画〟には公共事業、公共工事がそれこそいくらでも盛り込まれているはずだった。

彼の〝計画〟の最後には、ごくさり気ない調子で次の一節が入れられていた。

〝言うまでもないことだが、日米の軍事基地一切を撤去する。その跡利用計画については別途プランニングする〟。

この次長、最後の一文はどう読んだのだろうか。見なかったフリをしているのだろうか、と思いながら信平は手酌を重ねていた。

――なにしろ、蔡温の頃は基地なんか無いんだからねッ。

「八重垣さん！」。次長は少し目をトロンとさせていた。「〝復元計画〟いいですネ。八重垣さん！〝原風景〟よかったですヨ。やりますヨ。ワタシはやりますからネ」。ナヨっとして言った。

信平は自分のしたことをまともに評価されたり誉められたりするのをひどく恥ずかしがる気質だから、逃げるようにして話をズラした。

「実は前からですね……。東海道五十三次が復元されたら楽しいだろうナ、と思っていたんですが……」。

「東海道五十三次！」。次長が叫んだ。

久田は後足二本で立ち上がらんばかりだった。

酒がほどよく回り出していい気分になっていたから、信平はこの際だと思い、威張ってると言われようが何だろうがと勢いをつけて
「そうです。東海道です。昔のように、時代劇のようにです。ほとんど今は鉄道や幹線道路とかになってるかも知れませんが、それに沿うようにしてですよ。昔のような松並木道などを新しくつくる。つまり復元する」。

「ヒャーッ」。次長は馬の足いや腕をつかんだ。「この人恐ろしいことを言うヨ、久田クン」。

「先輩、調子出てきましたネ」と馬。

ケロっとして、信平は続けることにした。

「定年退職した人間が大量に出てきます。多少の金はあるし、時間はそれ以上にある。

歩いて東海道をゆっくりと旅する。いいじゃないですか。ゆっくりゆっくりと。あちこちの名物食いながら、地酒飲みながら。

交通手段も昔の通りにする。カゴと馬（なあ、と馬を見る）。格好もワラジ、キャハンに三度笠。縞の合羽も似合いだぜ。

自然発生的に宿屋・旅籠も出来てくる。

問題は急病とかの場合、とおっしゃるかも知れませんが、さっき言った通り、現在の幹線沿いですから心配は全くない。本当はケータイも制限したいんだが、そこまでは出来ないから緊急に備えて許す、と」。

次長はすっかりダラしない顔になっていた。

「ゲヘヘ、面白いヨ、久田クン。この人面白い。ああ、女の一人旅なんかも勿論いますよネ。ウエッ」。

「勿論です。むしろ、それが多いかも知れない」。少しサービスする気で信平は言った。

「ウホッ。そうですよネ。トレンドですよネ。若い女性の一人旅。ウェッ。着物姿に菅笠で。ワオッ。相部屋なんかになっちゃったりもしますよネ。ギャーッ。ヤッホー！」。

この人の一体どこが切れ者でヤリ手なんだろうと思いながらも、信平はついでだとばかりに

「うら若い女人が道端にしゃがんでいるかも知れませんよ、次長。差し込みとかなんとかで。次長の出番ですネ。〝これお女中、いかがいたした〟」。
次長は意外にも真面目な顔になり、そればかりか目を潤ませて遠くを見るように
「実はワタシ、次は東海局に行くんですヨ、局長として……。う～ん復元計画！」。
と言ってトイレに立った。
「おい久田、どうなってるのかネ、あの人。もう、先のこと考えてるらしいぞ。こっちの復元はどうするのかネ」と言うと
「イヤ、やるんじゃないですか」とトボけた顔で答えたのだった。

一年ほど経って、久田から聞いた。

琉球大学の教授を中心としたグループが、信平のと同じタイトルで〝計画〟づくりにかかり出した、と言うのだった。中身は知りませんが、チョコチョコとしたつまらんものみたいですヨ、とも言っていた。

そして、あの次長は任期半ばの異例の人事で東海局に移って行った、と言った。局長ではなく、やはり次長ということだった。

志村

石垣市役所で部長をしている大山という先輩から電話が来て、信平は少しの間呆然とした。「志村さんが会いたがっているヨ」と言うのである。

志村幸一郎。卒業以来四十年近くも会ったことがない。田辺とか吉岡とかやら何名かはこっちに遊びに来たり、所用で来たりして割合に親交はあるのだが、志村のことは誰もが知らないと言うのだった。あの志村がネー、と皆同じことを言っていたのだ。

志村ほど畏敬された秀才はいなかった。また、彼ほど親しまれた愛敬者もいなかった。

つまり並み外れた人間だったのだ。そして、その志村が、他でもない信平を一番の親友として扱っていることを誰もが認めていたのだった。ほとんど精彩のないド田舎者の信平との取り合わせに、多くの者が不思議な気持ちを抱いていた。同時にまた、妙に納得させられる感じも大体の者が持っていた。

信平自身は「自分と正反対の田舎もんが珍しいのだろう」などと言ってはいたが、内心自負するところも少しはあるのだった。

志村は希望通りの証券会社に就職した。しかし、その後のことが一切、誰も分からないのだった。

いつか田辺が那覇に来た時に言ったことは、誰もが共感するところだった。田辺はこう言ったのだ。「志村は派手にマスコミに出てる筈なんだがなあ。良くも悪くも、同期の間で話題独占していた筈なんだがなあ」。

一番のスターの消息が何十年も誰にも分からない、というのは信平達の間ではひとつのミステリーだった。


大学一年の頃、何となく誰かに紹介されたのだろう。志村という名前は信平も知ってはいたから、ハアこいつか、と思った。上井草と聞いて嬉しくなった。長身、色白、メガネ。全てにおいてスマートで、そつが無い。洒落ていてセンスがいい。

京都の男は趣味がいい、と信平が思った最初の男だった。

冗談がとてつもなくうまい。人を笑わせてばかりいた。その博識と頭のキレと能弁に圧倒されない者はいなかった。

テレ隠しに時々志村は、頭を左右に少し動かしながらソフトな口調でおどけて言うのだった。「俺は偉大だなア」。得意のセリフだった。

電話で大山さんが言うには、志村は全国各地から講演で招かれていて、地域活性化の面では知る人ぞ知るアドバイザーとして活躍している、そうだった。「看板を上げない人だから、連絡とるのが大変だったヨ。だけど、意外と簡単にお願いが出来たヨ。石垣なら行ってみたいですね、って引き受けてくれたんだヨ」と言い、志村の携帯の番号を教えてくれた。

すぐにかけてみたのだが、留守録になっていた。録音では嫌だと思い、夜かけることにした。

今は神戸に住んでいるから、帰りに那覇で一晩つき合ってくれ、と志村は言った。なかなか寝つかれなかった。今も変わらない志村の声と語り口。何十年振りだというのに、お前と呼び合ったことが信平は嬉しかった。上井草のいろいろなことが浮かんでは消えた。

嫌だネエ。握手なんかするんだろうな。男と握手なんてのは俺はキライだしナ。オッで済ましたいな。だけど四〇年振りだからなあ。握手どころか、両手で握り合うかもなあ。

ああ、気持ち悪い。嫌だなア。

翌日夕方六時、県庁前のホテルを信平が訪ねることになっていた。さすがに胸が少し踊った。志村はいなかった。ホテルを信平が間違えたのだった。近くの、さらに目抜き通り前のホテルだった、と思い直してそこに向かって歩きだした。五十歩ほど歩くと、アッ志村だ。

背の高い男が、ロビーで待てなかったらしく表に出て、こちら側と向こう側を交互に見ていた。信平が気付いたほんの少し後に志村の方も分かったのだった。おおおと声にならない声が胸の底から湧き起こるのを感じながら足早に近づいて行った。志村の方も同じ感じで近づいて来た。

何秒かの後、今度は二人して声に出しておおおと言った。そして、双方とも両手を広げたままの格好でそのまま抱きつくかたちになった。たくさんの人が通り過ぎて行くのだが全く気にならず、つかの間、抱き合っていた。

〝夜桜〟にタクシーで向かう途中、大急ぎで現況を喋り合った。

志村はチョビ髭を生やしていた。目元が人なつこいのだが、一層愛嬌のある顔になっていた。髭は半分ほど白かった。

「へえー、信平が社長ネェ、へェーへェー」と何度も言った。愉快そうに目を細めっぱなしだった。

〝夜桜〟は混んでいたから、いつもの小上がりではなくてカウンターに腰掛けた。

証券会社は一年で辞めた、と言った。馬鹿らしいから自分で会社を起こして「こんなに儲かっていいのか、と思うくらい儲かった」と言った。「少しヤバイこともしたヨ」とも言った。「死んだ、という噂もあったらしいな」とも言った。

罪滅ぼしに少し社会に還元を、と思っていた頃に阪神大震災が起こった。ボランティアで〝神戸再生プラン〟を作って成功させた。その時の縁で世の中にいくらか知られるようになった。あちこちから地域起こしの相談が来るようになった。

「ほとんどタダみたいな金でやってるヨ。罪滅ぼしだな」と、〝志村総合研究所〟の名刺を渡しながら言った。

「それにしても、石垣というところは八重垣家の城下町だな」。いかにも彼らしいシャレだった。

「役所でお前の名前言ったら、たいてい分かってたぞ」。

「小さいところだ。どの家の誰なんてのはみんな知った者ばかりさ」。

「お前、なにか、甲子園に何とかなんて会のこともやってるんだって？　大山さんが言ってたぞ。那覇と石垣で連繫して一緒にやってるって」。銚子のお代わりを手で合図しながら、ますます志村は嬉しそうだった。

「うん、まあナ。沖縄本島で生まれ育っていたら、そんなこと考えないんだが、マア離島ですからネ。いろんなハンディ多くて大きいヨ。だから、やる気になったんだ。もうザット二十年くらいになるヨ」。

〝夜桜〟の大将がサヨリの造りを出しながら「信平サン、ご機嫌ですネ」とニコニコして言った。

「フン、まあネ」。酒は三合までと何年か前から決めているから、チビチビ惜しむような飲み方をしながら続けて言った。

「お前なんかには考えられないことだろう。

甲子園はすぐ目の前に在るしな。憧れもナニもあったもんじゃないよナ。丁度来年、還暦だろう、我々は。還暦までに何とか実現したいと実は、その会つくった時から秘かにずっと思ってきたんだよネ、ウン。可能性あるよ、志村」。

ホレ、と信平の盃に注ぎながら、まさかネという目を半分見せて

「甲子園来たら、俺んちに泊まるんだゾ」。

話は次々と展開し、弾み、尽きるワケがなかった。ただ、友人どもの消息に彼は無関心のようだった。

「石垣市から電話貰った時は、即オーケーしたヨ。何しろ八重垣信平先生の古里だか

らネ。てっきりそこにお前もいると思ってたぞ」。志村は、市の観光プランに関するアドバイザー役を頼まれたんだ、と言った。

「スローモーだからネ、島の人間は。特に役人は」と信平は言った。

「そうかね。そんなにスローモーかね」。

「四菱だったか、五井だったか、大規模な開発を試みて十年も前から石垣にいるヤマトの所長がこう言ったのを憶えてるヨ。

『八重垣さん、石垣は住むには最高ですネ。だけど、仕事をするには最低ですねネ』だって。ハハハハハハ」。

「ケー。凄いネ。これはまた。ハハハハハ」。

「しかし、そんなスローのお陰で、妙な開発されなくて本当によかったよ」。

志村は面白くて仕方が無さそうだった。いくらでも信平の話が聞きたいらしかった。

「似たような言い方で思いだしたヨ。

名古屋出身の男がネ。仕事で知り合った、とってもいい男なんだがネ。彼は京大だから、京都つまりお前んちの城下町に大変詳しいんだが、彼がこう言ったヨ。

『京都人さえいなければ京都は最高！』って。ハハハハハハハハハ。」

志村が大笑いしながら応えた。

「俺もそう思う！」。

「いや、全てスローだからネ。今までいろんなこと進言してきたんだがネ」。

「へえー、たとえばどんなこと？」。志村は身をのり出すようにした。

「ま、いろんなことだナ。甲子園についての一番新しい進言は、市に〝甲子園対策室〟を創るべしと言ったんだ、トップにネ。予算は五万円で出来る、と言った。たとえば大山さんなんか暇だから、そして適役だから、彼なんかに室長を兼任して貰う。すると彼の名刺代がせいぜい二万円。あとの三万円は表示板製作費サ。〝甲子園対策室〟のネ。

その看板だけでインパクトあるよ。相当ネ。

島の人間がみんなその気になるだろう。それが大きいワケよ。そうすると本島の高校なんかに子供を行かすの止めよう、なんてムードも出てくるしネ。だけど、まだやってくれない」。

「アハハハハハハ。しかし信平先生、本気なんだネ。驚いた。信平がネェ。甲子園の他には？」。

少しだけためらいがちに信平は答えた。

「ウン。これは俺のしたことが直接的に実現に結びついたのかどうかは分からないが

――。

三十年も前から、石垣市に国立天文台を誘致すべし、と然るべき人間達に言ってきたんだが――。市民も利用出来るものと、学術研究のものと併設でネ。〝天文台のある街〟なんていいじゃないか、と思ったんだよネ。つい最近、出来たよ、それ」。

「天文台か、聞いてないナ、それ。観光と関係ないではないからネ。その辺、チャンと役人は言ってくれないとネ……。もっとあるの？」。

「ウン。イヤだよね、自慢話みたいで……。でもな、おこがましいけどナ。秘かに自負するところのあるのは空港だナ。新空港。

知ってるだろ、全国的にしょっ中とり上げられたから。新空港問題。これの解決にいささか貢献したと、恥ずかしながら思ってるヨ」。

「おお、新石垣空港問題……知ってる」。

信平は話題を変えた。

「学生の頃お前の出した〝跛行形〟ネ。

思い出すことがあるヨ。大事にとってあったつもりなんだが、どこに行ったか分からないんだよ。格好良かったナ、アレ。部分的に憶えてるとこもあるヨ。〝光は散り続けるであろう〟とかネ。思い切りキザで、しかしウン、格好良かったなあ。〝ばこうけい〟」。

志村は心底から驚いた様子と、たまらなく嬉しそうな顔を同時に見せた。目が少し潤んでいた。

「お前、あれ、本当に憶えてててくれたの?」。

「忘れられると思うか?」。信平は身体をよじって志村に向かって言った。「無いのかネ。あれ、どこかに。たまに、すごく読みたいと思う時があるんだ」。

志村はおよそ昔の彼とは思えない情感のこもった声で答えた。

「ある。送る。すぐに送るから、パラッと目を通してやってネ」。

石垣市とあと一つ、ついでだからどこかの市町村との二つの仕事で、これから何回か沖縄に来る、と志村は言った。

突如として信平は〝そうだ、こいつだ。志村を巻き込もう〟と胸の奥の方から微かに燃えてくるようなものがあるのを感じていた。

翌日志村は帰ったが、その日のうちに信平は彼宛に手紙を出した。手紙と言うより、新聞に掲載された長い文章だった。一言だけ添えて〝じんどいとは思うが、頼むから熟読してみてくれ〟と書いてあった。

石垣地元紙に載せた〝新石垣空港もの〟だった。当初、琉球タイムスにと思い伝七に見せたら、いくら何でも長すぎるから半分にしてくれ、と言われた。「これでも書き足りないいくらいだ」ということで地元紙にしたのだった。

志村の反応を知りたかった。漠然と信平の頭の中にある〝終生のテーマ〟について、志村をその気にさせる為の、さし当たっての有効な手段だと考えたのである。

テーマこそ違え、ある課題、特に難問に取り組む際の自分の本気度と、ものの考え方を知って貰えれば、それが彼を動かす上で最適な方法だと考えたのである。

とも角、読んで貰おう。それからだ。

ミスターロバート

伝七に伴われて、アメリカ人の大男が入って来た。〝夜桜〟の小上がりの鴨居を気にしながら腰をかがめ頭を下げて、ニコニコとしていた。

「はじめまして」という一言だけで、日本語に堪能だと分かり安心した。

当然と言えば、当然だった。戦後、沖縄の米軍人軍属・その家族を対象にして長く続いた英文日刊紙の記者だったからだ。

地元紙も丹念に読んでいたらしい。信平、伝七より三つ年長だと言った。

泡盛は嫌いです、と言った率直さが好ましかった。今は毎日ゴルフばかりしているらしい。

その割りには色白だな、と信平は思った。小上がりは小さな部屋だが足が垂らせる造りなので、その点は良かった、と思った。

彼はウイスキー持参だった。徹底している。豆腐餻を絶賛した。

それとヒージャーの刺身は沖縄人の二大傑作です、とこのカリフォルニア生まれの男は乙なことを言った。しばらくはそんな話をしたかったのだが、伝七がいきなり彼らしい気の利かないことを言った。

「この八重垣は自分で、〝純情武器撤廃論者〟だと言ってます。ロバートさん……」。

「おお、素晴らしいことです。ミーバイ美味しい」。山葵の付け方など伝七よりうまい。

「ピストルから核爆弾までみんな無くせ、と言ってますヨ。ロバートさん」。

「ああ、いい意見ですよネ。このテンプラの魚は何と言ますか」。

「マチかな。信平」。

「マクブと言います。マクブ。ヤマトでは………ワカラン」。

信平はこれまで、外人というものを殆ど知らなかったし、アメリカ人と間近に接するのも初めてと言ってよかった。このジョン・ウェイン型巨漢の食欲に舌を巻いて眺めていた。人種が違うということは即ち種が違うということなのか、などと思ったりしていた。

伝七の携帯が鳴った。来て間もないと言うのに、中座しなければならなくなった、と言った。

ロバートに挨拶し、信平には
「あのヒージャー屋に居るよ。よかったら後で廻って来ないか」と言って出て行った。

「私の妻は石垣島の出身です」とロバートが言った。虚を突かれたような気分だった。

「愛しています」と余計なことまで言った。

少しの間、個人的なことがらを聞き合った。

「八重垣さん、空手の達人だそうですネ。伝七さんから聞きましたよ」と風向きを変えてきた。

「イヤ、ナニ、少しです。彼にすればたいていの人間は達人に見えるのでしょう」と応えたら、軽く笑ってから
「謙遜は美徳だとワタシは思いませんヨ。話を通じ合わせるのに害だと思っています」と言うから、望むところだ、と嬉しくなった。

「全米ライフル協会というのがありますネ。ロバートさんもその支持者ですか」。

「私の父親は熱心な会員でした。私は会員ではありませんが、勿論、同調者です」。

「自分の身を守る為に拳銃持って、それで毎年何万人も死んでますよネ。その数が一桁増えたとしても、やはり拳銃は捨てられませんか」。

「ますます持つ必要があります」。

「つまり、キリが無いワケですよネ。馬鹿馬鹿しいと思いませんか」。

「よく聞いていると思いますが、私達にとってはやはり文化なのですよ」。

「日本人にとっての刀は、それ以上に文化だったと言えますよ。それを捨てた。無用な殺人をしなくなった。どう思いますか」。

「文化の意味が違います。日本人は刀を床の間とかに飾って置いてましたでしょう。アメリカ人は銃を飾って置いたりはしませんよ。自分の体の一部なんですよ。つまり、肉体化しているんですヨ。銃は――」。

「肉体の一部であるチョンマゲを日本人は切って捨てました。刀と一緒に――」。

「………。西洋を見習って真似る必要があったワケなんでしょう？　つまり」。

「………。今や、アメリカ以外の西洋は殆ど民間人が銃なんか持たなくなったでしょう。そして、アメリカでも銃規制の運動はかなり広がりつつあるんじゃないですか」。

「多民族国家ですからネ、アメリカは。本来のアメリカ人は少なくなっている。だからこそ、協会の存在理由はますますあるのです」。

「………。本来なんて言ってたら、人間は本来動物でしょうが。それが知性によって、その動物性を超えてきたじゃないですか。それが文明というものでしょうが」。

「………。残すべきものは残す。というのも知性のなさしめるところです」。

「失礼ですが、恐ろしく日本語上手ですネ。えーと。問題はですヨ。その拳銃から大はミサイル核爆弾までですヨ、人間はそうやっていつまでも武器や兵器に頼って、殺し合いをやめられない。何千年もですヨ、何千年も。こういう状態を恥ずかしいとは思わないのですか」。

「別に恥ずかしがる必要はありませんヨ、八重垣さんが……」。

「ワカった。じゃ、恥ずかしがるのは止めるとしてもですネ。エート。僕は怒ってるんです。沖縄の現状に対して怒ってるんです。あなた方のその防衛理論に基づいて、軍事基地があるという現実に対して怒ってるんです。怒った結果、つまり、恥ずかしがってるんです。恥ずかしがるのは止められても、怒るのは止められませんからネ！」。

「こっちだけの防衛理論じゃありませんヨ。日本人の大半が、いや、沖縄人の大半も防衛理論そのものを認めているじゃないですか。最小限の自衛の為の軍事力は必要だと。日米安保は容認派が多いワケでしょう。だからこそ、沖縄でさえ、しょっ中保守側が県知事になってるじゃないですか。違いますか」。

「………。だから、恥ずかしいのです。あれッ」。

「信平さん、アバサーの唐揚げ美味しいですヨ」。

「ワカってます。僕はですネ、いいですか」。

「いいですヨ。コレ、熱いうちがいいですヨ」。

「ワカってる！　いいですか。つまるところですネ。防衛の為に武装するという論理はあまりに進歩が無さすぎる子供じみた論理で、これではいつまで経っても根本的な平和は到来しない、と言ってるワケです。僕の言いたいのはですネ。防衛の為にこそ、武装しないということなんです。何の備えもしない、ということなんです。備えあれば憂いあり、と言いたいんです。しかもですよ、何も一国非武装を言ってるんじゃない。ゴールを決めて、世界中同時一斉に武装を解除すべきだと言ってるんです。その為にジンブンをいや知恵を出すべきだと言ってるんです」。

「あまりに素朴です、信平さん。他国に侵略されると言うことは抽象的な国家対国家の問題ではないのです。個人の尊厳の問題です。何故なら国家に忠誠を誓っているところの個人はつまり国家とイコールだからです。個人の存在そのものの問題なんですよ。命をかけてそれを守ろうとするのは当然です。その為に武器だろうが、何だろうが持てる物は何でも持って、守らなければなりません。

個人というものについての考え方が違っているようですネ、私達は……。例えば、社会保障制度についても言えることです。日本はやり過ぎです。怠け者でも、いろいろ政府は手厚く保障してますネ。医療でも失業でも、何でも政府持ちですネ。つまり国民の税金ですヨ。我々は、そうではありません。自分のことは自分でせよ、ですヨ。自分の身は自分で守る。誰かに守って貰うのを期待すべきではないのです。武器とはそういうものなのです。個人の自立あるいは独立の象徴でもあるし、また、物理的にも身体の一部なのです。チョンマゲと違うところはそこですヨ、信平さん。

アメリカは建国以来の歴史が浅い、ということも関係ありますよネ、〝神国ニッポン〟と違って——。個人の自立、国家の独立を標榜して、誰もが真のアメリカ人になろうとしている国なんです。言い代えると、アメリカはアメリカ人になろうとしている人々の国なんです。

それからですネ。私はこう考えてますよ。ある人々が、貧困から解放されたいと願って何かと闘う、政府でも何でも、とにかく権力者に向かって闘う。その時に武器を取って戦う。彼らにとって、自分達を救う為の道具が武器しかない、としたら、誰がそれを否定できますか」。

「それでも否定しなければいかん、と僕は言っているのです。否定した上で、考えなければいかん、と言っているのです。だからこそ叡智を絞らんとならん、と思っているのです。何度でも言いますが、その出発点に立たなければ、戦争を無くす為の究極的な論議は深められない、と思っているんです」。

「超理想主義ですネ、信平さんは」。

「本来は、あれ、まあいいか。本来、貴方の祖国は理想主義のモデルでしたのにネ。残念です。嘆かわしいことです。今や、あちこち出かけて行って、余計なこと、恥ずかしいこと、勝手なことばかりやっている」。

「確かに、率直に言うと、反省点は結構あると思います。しかし個別政策的な問題ですから、見解の分かれるところはあるでしょう。

しかし、それと、さきほどのテーマ、ライフル捨てろということとは別の問題です」。

「だから、別じゃない、と言ってるワケです。若し、どうしても他の国にチョッカイ出したいと言うのなら、武器を持たずに、素手で行けと言ってるワケです。素手で」。

「相手も素手ならいいですヨ。こっちだって」。

「ホラ、だから言ってるでショ。お互いに素手で大いにやろうじゃないかって！」。

「そんなこと、信平さん言いましたか？　大いにやろうなんて」。

「言わなかったっけ……。言わないならそれでいいんです。お互いに素手で、しかも何もやらないのが一番いいんです」。

「信平さんのその考えは、若しかしたら空手から来ているんですか？」

「逆です。素手になった時に備えて空手の修行しだしたんです。備えあれば何とかです。あれっ。あれっ」。

「あれっ。いいんですヨ。別に。言葉のあやですもんネ、信平さん。スクガラスは嫌いですか」。

「好きです。貴方と私は何故こうして、スクガラス食ってるんでしょうネ」。

「信平さんの方が頼んだんでしょう、伝七さんに。誰でもいいから保守派アメリカ人を連れて来てくれ、と」。

「そうだったんですよネ。何か意義はあったのでしょうか」。

「大いにありましたヨ。イチャリバチョーデーですよネ」。

「いろいろ知ってますネ、全く。全米ライフル協会は永遠に不滅でしょうか、ミスタージャイアンツじゃなく、ミスターロバート」。

「不滅ですネ、きっと」。

「何も持たない、体一本の方が美しいとは思いませんか。ミスターロバート」。

「時には持った方が美しい。ミスターヤエガキ」。

「割り勘にしましょうネ。五分と五分で、いや、六、四で貴方の勝ちかも知れない。未だ修行が足りません、私は」。

「ご謙遜く、おみごとでしたよ、信平さん」

「全く、コノ……」

苦い米

善彦から新米が送られて来た。五キロ詰め袋にぎっしりと入っていた。

その晩試食してみたが、少し期待外れだった。八重山では新米のことをタイラーと呼んでいた。語源は分からないが、タイラーは本当に美味しかった。つややかで、ややモチ味があって、そのほのかな甘みは格別だった。今思えば、色もまたそれ以外のものとは違っていた。ほんの微かに青味がかっていたのだった。その色と香りと味にはそれ以後出合ったことがないのだった。善彦の新米は彼の初めての収穫物だった。教員をしながら、よくもやるものだと感心した。その体力と気力を羨ましくも思った。

自分など、その労力を想像するだけで目眩を覚えるほどにだらしなく虚弱な人間なのだ。

彼は定年になるのを心待ちにしていると常々言っていた。思い切り農作業に打ち込みたいと言っていた。"晴耕雨読"は彼の目指す最上の境地だったのである。

　信平は食べながら、善彦の心意気と好意をとても嬉しく思えば思うほど同時に、自分の老後のことを考えて暗澹たる気分になるのだった。

自分はこれまで三十年くらいの間小さな会社の経営者であり続けているのだが、あまりにも色々なことにかまけ過ぎてきた。若い頃はトップとしての責任を自分なりに懸命に果たしてきたが、そのうち惰性となり、気分的な蓄積疲労も感じるようになった。そして生来の若気からさまざまな事柄に手を染めるようになった。また、無性に本が恋しくなり、会社にいる時でさえそれに没頭する時間が多くなるようになった。経営者として文句なしに失格である。業績不振が続いたそのツケ・対価をこれから長い時間かけて払い続けなければならない境涯となっているのである。

多くの友人達のように定年後の人生をのんびりと、という訳にはいかないのである。ずっと責任者であり続けなければならないのである。

思えば、堪え性のない人間である。高校の頃、受験勉強に精出さなければならない時期であるにもかかわらず、読みたいのはまさに今なのだという自己弁護のもと、さまざまな本に夢中になったものだった。そういう本性を矯正できないまま生きてきているのである。

だから、ああいう状態でいて一発で大学合格したということは、その後の自分の生き方の上で若しかしたら良くないことだったのかも知れないと今頃思ったりもするのである。

ひとつのことあるいは目標に向かって専心努力などというのは自分には出来ないことだ。

どうしても脇見余所見をしてしまう。

しかし、考えてみると、ほとんどの者にとってもそれは言えることだろう、と思う。一心不乱になどというのは並み大抵のことではないからだ。ただ、程度の問題ということがある。多分、自分はその脇見の程度が著しく多かったのだろうと思う。自業自得という他はない。

善彦には大変悪いけれど、〝苦い米〟というタイトルのイタリア映画があったな、と思いながら信平はなおも憂鬱な気分に支配されていた。

後顧の憂いなき明るい老後――。自分は今それにほど遠い場所に立っていて、それでいながらなお頭の半分以上は会社経営とは無縁の事柄をいろいろと考えている。特に〝終生のテーマ〟は常に頭の隅にある。

子供の頃、小学校の高学年だった頃だ。

それまでにも戦争の話はさんざん聞かされていた。両親や祖父母や親戚の者達が語り合う思い出話の内容は残酷で悲惨なものだったが、意外にも彼らは淡々と、それどころか時には笑い合いながら延々と喋り合っていたものだった。自分の叔父二人は戦死していた。

一人は大陸で一人は南方でと聞いていたが、後になってノモンハンとインパールだったことを知った。

人はいつまでも悲しんではいられないのだろうと、子供心に思った。そう思うと余計に悲しくなった。

家の南隣には行かず後家でテンカン持ちの女がいた。戦争中疎開先の台湾で発症したと聞いた。

西隣の家には龍男・虎男という双子の兄弟がいたのだがひどく発育が悪かった。自分と同年だったが小学校に上る前に二人とも死んだ。とても貧しい家で、終戦直後の栄養不良が原因だと言われていた。

北隣の家の主は片腕がなかった。戦争で無くしたらしい。しかしそれでいて車曳きをして生計を立てていた。大男だった。

東隣には気の狂れた女がいた。夫が戦死して実家に戻された直後におかしくなったと聞かされていた。たまに外に出ることがあって、遊んでいる自分達にニコニコと声をかけることもあった。病が進行したのだろう。外で見ることはなくなった。彼女は母屋から少し離れたトタン葺きの小屋に閉じ込められていた。周囲は芭蕉の木が沢山植えられていて、大きな葉の重なり合うそこは昼間でも薄暗くひんやりとした場所だった。自分達は時々、遊びでそこに入り込むこともあった。一度、友達に言われて簡単な造りの板壁の隙間から中を覗いたことがある。隙間から漏れる光だけがつくる微かな明るさの中で、彼女はペタリと座り込んだ姿勢でこちらを向いて薄笑いを浮かべていた。片足を鎖でつながれていた。閉じ込められてから相当経ったのだろう。髪を長く垂らし、青味がかった真っ白な顔だった。恐ろしくなった自分はそれ以後あの場所に近づくことはなかったが、後に彼女は、糞尿にまみれているということを友達の誰かから聞かされた。

彼女の兄は公務員風の勤め人だったが、人のよさそうな小柄な男だった。彼がアルミ製の小さな洗面器のような器に入れた食べ物を彼女の小屋に運ぶのを、自分は何度も石垣越しに見て知っていた。

ある頃から、彼は夜になると時々酔っ払ってその小屋に近づき中に向かって大声で怒鳴るようになった。叫んでいると言ってもいいほどだった。ヒデ子という名前の彼女をヒデと呼んで「ヒデ、死ね、早く死ね、キチガイ、死ね」と何度も何度もくり返していた。時には泣きながら叫んでいることもあった。

その小屋は石垣を隔てて自分の家の居間に近い所だったから、食事や団欒中の我が家の者は皆聞こえぬふりをして、その恐ろしい時間が一刻も早く過ぎ去るように思っているばかりだった。

自分は子供の頃、あれ程つらく悲しい思いをしたことはない。

戦争というものを憎悪する気持ちは、その頃に生じたのだと思う。

長じて、それこそ夥しい体験談を聞いたり、あるいは書物によって知ったりするほどに、その気持ちは情念と言えるものになっていった。そして、戦争に対して自分はせめて何事かの試みをしないでは済まされない、と思うようになっていった。何事かの試み――それが何であるのか自分でも分からない。ただ、自分の抱いている情念の激しさは、それに見合うほどの常識外れのことを模索しているとは言えるのだろう、と思う。

だから例えば、この前あった大規模な反基地集会で聞かされた主調音のようなものに対しては大いに不満なのである。多くの弁士が戦争の愚かさ恐ろしさを後世に伝えなければならないと訴えていた。テレビは一人の女子高生の主張を熱心に伝えていた。彼女は芝居気たっぷりにくり返した。〝私達は私達の次の世代に伝えなければならないのです〟。

——伝えたい。——伝える。その若さで早くも次の世代に期待するということなのだろうか。

戦争の記憶を継承してゆくことは言うまでもなく大切なことである。けれども、それだけでは、あまりと言えばあまりにつつましい志ではないのか。最低限の意識と行為ではないのか。つまり、伝えなくて済むような世界の到来を、後の世代ではなく自分の代に課して何とかせんといかんだろうが……。

——伝えるなッ。

信平は苛立っていた。

周辺事態法や有事法や国民保護法や国旗国歌法や通信傍受法や教育基本法改正や国民投票法など（よく憶えてるゼ全く）国家の目覚ましい急進ぶりに対して、相変わらずあまりにも迂遠なこちら側の応じ方……。

と言ったところで客観的には、自分は会社の立て直しに専念しなければならない筈なのだが、それこそ迂遠な対応に終止している……。

安定を約束された楽しかるべき老後など甚だしく心もとない情況を、自ら招いてしまっているのである。

……昔のタイラーは美味かった。

丹精込めた善彦の初物を噛みしめながら信平は、それをたいして美味いと思えない自分に対して一層不快感を深めていった。

コピー

志村から手紙が来た。

〝新石垣空港〟の論文、感動したとあった。

上井草で飄々としていたあの信平が、あの信平が、と何度もあった。

自律的自治というとんでもないテーゼにあの信平が挑んでいた、というのは正直感動した、とくり返していた。そして、〝新石垣方式〟あれは凄いヨ、と誉めてくれていた。

末尾に、本島中部のある市から話が来てたので、お前に会えるから引き受けた、とあった。

そして再び、志村が那覇に来た。

〝夜桜〟で会った。剣菱の最上等一升瓶を持って来てくれていた。

古宇利島のウニが出始めていた。目を輝かせて志村はそれを何度もお代わりした。

「その後、新石垣空港はどうなの」と聞いてきた。

「うん、まあ順調にいってるヨ」。

「だけど、本当に驚いたなあ。手紙に書いたけどサ。信平がネェ」。

「自慢話みたいでイヤだったんだがネ、あれを書くのは。だけどナ、総括しておく必要があったんだよネ。総括。

最終段階では土地収用法かけんといけなくなる筈だからネ。強制執行さ。若しかしたら、ヤマトから反対派が押しかけて来てかなり抵抗するかも分からんからナ。その時だよナ、問題は。島の人間全部が、あんなの当然排除しろ、という断固たる考えになっていて貰わんと困るからナ。その為に、経過を整理して、自分達で決めたんだという自覚と決意と誇りをあらためて促しておきたかったんだよネ。だから書いたんだ」。

「あれ読んでからずっと考えてたんだけど、なんでまたお前、あんなにのめりこんだの？」

志村は本当に不思議そうな顔をした。

無理もないことだった。学生の頃、信平は徹底的にいわゆるノンポリだったのだ。革マルを一年の終わり頃まで角丸とは何だろうと思っていたほどだったのである。マルクス、吉本隆明が神のような存在だったのだが、信平は一字も読んだことがなかった。

「なんだろうネ」。信平は考えながら話しだした。

「結局、何と言うか、プライドの問題、大袈裟かも知れないが矜持の問題だよナ。つまり、二十年間も問題を抱えているという状態、解決できないでいる状態というのが堪えられなかったんだナ。解決できなければ恥だ、と思ってたんだよネ。まあ、明るく楽しく言うと、『解決されるために問題はある』なんて言って。周囲の連中を鼓舞したりしてネ」。

志村は嬉しそうな顔と深刻そうな顔を混ぜ合わせながら

「それが考えられないんだヨ。いいか。みんな卒業したら会社のこと、仕事のこと、自分のことしか考えられないんだヨ。世の中のことなんか真面目に考えてるヒマさえない。たとえだヨ、仮りに考えるとしても、行動に移すなんてのは凡そ尋常のことじゃないよ。

しかも、お前が、だからネ。何度も言って悪いけど。青臭い、って今だから言えるけど、結構まじめにみんな政治論議なんかしてる時にだネ、お前はフザけてばかりでいたんだからナ。早稲田大学セーラー服研究会やら、風流友の会やら、孤独愛好会やら、滅茶苦茶なサークル立ち上げたりと言うか、デッチ上げたりしてサ」。

「フン、そうだったかネ」。

「だけど、あれだヨ。お前の文学論、芸術論だけは俺一目おいてたんだからネ」。

「ほう、そうかネエ。志村先生に一目おかれてたなんてネ、嬉しいじゃないか。そういうことは早く言って欲しかったネ」。

「分かってたクセに。ハハ、いやほんとだヨ」。志村は心底愉快そうだった。

「あ、信平、この前会った時にお前言ってたアレ持って来たヨ、〝跛行形〟」と言いながら志村は紙袋から古びた薄い小冊子を取り出した。

信平はそれを手に取って、表紙をじっと見ていた。

「懐かしいネ。俺は本当に時々思い出すんだヨ。お前の思いきりキザな詩をネ。だけど、今でも何と言うか、格好いいと思ってるヨ。〝光は散り続けるであろう〟なんちゃって。

〝嵐のような強さで僕は君を愛しているのだ〟とかネ。キャッ。凄く気持ち悪くて、やったぜ志村ってくらい恰好いいネ。ありがとう。読みたかったヨ」。

「だけど驚いたナ。そして嬉しかったネ。四十年前だヨ、四十年前の詩集憶えていてくれたんだからね。お前だけだなあ。

本当はネ。いささか今でも自負してるヨ。その中の幾つかは悪くないってな。これで全て。これ一冊出して、俺はもう詩書くのやめたんだよナ」。

信平は大賛成だな、という顔をして古いフランス映画の話をした。

「名画の誉高い〝舞踏会の手帖〟ってのがあるだろう。あの中にこういうシーンがあるヨ。ヒロインが昔のこと思い出して、かつて踊りの相手をしたボーイフレンドの何人かを訪ね歩くという筋立てなんだがネ。三十年くらい後にネ。そのうちの一人の青年は詩人だったんだが、今はアルプスの山小屋の番人をしている。彼女が捜し当てて再会した時、その男のセリフがいいんだよネ。こう言うんだ。

〝僕は本当の詩人になったよ。一行も書かなくなったからね〟

恰好いいなあ、って思ったよ。なあ、志村いいだろう」。

志村はその夜一番の笑顔を見せた。そして激しく首をたてに振ってうなずいていた。

調子に乗って信平は続けて話した。

「ある作家がネ、何かに書いてたヨ。つまらないもの——書家の書、料理人の料理って。あと一つ二つあったように思うけどネ。詩人の詩、俳人の俳句なんていくらでも言えるナ。だけど、分かるよナ。特に書家の書なんてのは。料理はいいんだヨ。誰だって料理人なんだから」。

いろいろな話になった。信平は卒業して初めて吉本隆明を読んだ、と言って

「語り口が面白いから、つい引かれて相当読んだつもりだが、しかし結局なにも残ってないナ。読み物だナ、読み物、俺にとっては」。

「その辺も不思議なんだよナ、誰もそんな奴いないヨ。卒業して固い本読む奴なんていうのは。勿論、俺もそうだしな」。

「いや、そういう傾向のもの俺はあまりに縁が無かったから、というだけのことサ。遅きに失したかも知らんがな」と後段の部分は心にもないことを言った。

「お前は大体がヒネてたからな。みんなと同じことやっちゃ沽券にかかわる、ってところがあったからな、信平先生は。デモなんか縁が無かったしな、お前は」。

「それはまあ、ある程度言えるけどな。だけど一番の問題はあれだな。あの頃、自分とクラスの大部分の連中との距離感の大きさというのが一番の問題だったたな。沖縄から来たという点を差し引いてもな。学費反対闘争がなぜカクメイにならなきゃならん

のかって、俺は本当に分からなかったヨ。勿論ベトナムだってそうだ。反戦運動がなぜカクメイになるのか。自分の勉強不足のせいか、って少しは思ったりもしたがナ。まあ、根っこにあるのは多分生理的なことだったんだろう。隊列組んでデモるなんてことはとうてい出来なかったな。連帯なんて言葉は今でも嫌いだナ、俺は昔から。連帯なんかするなッ。お願い、連帯しないでネ……ハハハハハ」。

志村は仕送りなしで完全に自立していた。バイトに明け暮れていたが、たまに大学に来ると、その秀才ぶりとセンスのいい冗談に接したくてたちまち多くの友人達がとり囲んだ。信平とはまるで違う事情から、志村も学生運動とは無縁だった。

「とも角、左に居ると居心地が良かったんだヨ」。彼はポツリと言った。

少し酔いが回って信平はますます気分がいい。志村の盃に注いでやりながら

「この前ある本読んでたらネ、あとがきに感動したよ。良寛の漢詩集なんだがネ。京大の教授会の場に全共闘の学生がなだれ込んで来たそうだ。そして、その中の一人が

『学問とは何だ』って叫んだそうだよ。

するとだヨ、一人の老教授が一喝したそうだ。『それはやってみなければ分からない！』

学生どもはシュンとなったそうだ。偉いネェ、格好いいネェ」。

「ほほお」しばらく志村は笑っていた。

「で、次はいつ来るんだ」。いきなり信平は口調を変えた。

「うん、役所次第だナ。進捗如何だな。でも、信平先生が来いと言えば飛んで来ますヨ、いつだって」。

「ちょっとなあ、相談したいって言うか、ジンブン貸して欲しいって言うか、あ、ジンブンってのは知恵のことネ、知恵。お前の頭脳が必要なんだネ」。どこから話したものか、と少し考えながら信平は喋りだりした。

「折角、お前と旨いもん食って飲んでるのにナ、白けさせて悪いんだがナ、あんまり機会も無いから、今日のうちに言っとかんとナ。

……。沖縄の基地問題だ。基地。

ずうっと考えてきたことなんだが……。

これを完全に解決するにはどうしたらいい? つまり、全部の基地を無くすにはどうしたらいいか? これが俺の終生のテーマ。笑っちゃうだろうがナ。沖縄の軍事基地問題を解決するとは一体、どういうことなのか……」。

志村はポカンとしていたが構わず続けた。

「お前なんか考えてみたこともないだろうがな。ここにいると、これはしょうがないことなんだネ。考えざるを得ない。

ま、簡単に言うよ。本気で沖縄の基地を無くそうと考えたらナ、結局、全世界の軍事基地を無くせ、という結論にならざるを得ない。

阿呆みたいな話だろ。阿呆なんだがな、実際——。

話は前後左右行ったり来たりするだろうけど、何とか話したいと思うんだよネ。自分でもまだまだ整理されてないからナ。

元に戻る。なぜ、俺なんかが沖縄の基地問題を考えているかと言えばだなあ……。

重層的複合的なんだが、つまり沖縄人だからだよネ。自分の生まれ育った所が他に比べて圧倒的に不当なポジションにある、ということが堪え難いからだ、つまり。歴史的にそうであったし、今もそうであるし、このままだと間違いなく将来もだよネ。

十七世紀のはじめに薩摩の属国みたいにされてしまった。それまでは日本と中国の両方と何とかうまくつき合っていた。王朝国家としてナ。

明治になって、〝正式に〟日本に編入された。

日清戦争で日本が勝って、精神的に少し落ち着いた。つまり、中国と決別出来た、と言えるだろうからな。

大戦でエライ目にあった。ある程度はお前も分かるだろう。マンガ的劇画的なくらいエライ目にあったワケだ。

アメリカの統治下に入った。引き換えに、と言ってもいいだろうが、日本はそのお陰で独立を回復する。そして繁栄していく。

戦後二十七年経って日本に返還された。そして今だ。

今とは何か。

嘉手納をはじめとする米軍基地が相変わらずチョー過剰に存在する場所だ、ここは。日常レベルで、そこから派生するさまざまな問題に直面させられている現実があるワケだ、ここは。米兵による犯罪。軍用機による気違いじみた騒音。訓練に由来する偶発的事故。そういったものに日々脅かされているところ——ここ。ここには核持ち込みさえ出来るそうだ。佐藤ニクソンの密約によるとな。

いや、既に持ち込まれているとも言われている……。

そして、あちこちの戦争にここから出撃しているワケだ。我々のこの土地、この島からな。世界の何処へでも殺戮に向けて発進しているワケだ。

一方で、そういう軍事基地の島であり続けることに反感・反発を抱きながらも、経済生活面で基地に依存せざるを得なくてどうしようもなく現実に甘んじる……という側面がある。軍用地料とか軍関係雇用とか商売とか事業とか、経済面が完全に構造化されているからネ。肉体化と言ってもいいナ……。

そういう中で複雑な気持ちを抱きつつ日本人として暮らしているワケだ。鬱屈した怒りとかあきらめとか入り組んだ感情でだナ。

だけど根が楽天的と言うか南方的と言うかあんまり深刻にはならない性質だから、わりあいのんびりと生きているワケさ。その面だけ見てヤマトから、〝癒しの島〟とか言っチャッテ大挙して遊びに来るワケさ。

いやされるって。ハッハッハッハッハッ。

いい加減にせんかいッ。ハッハッハッハッ。

結局、何が問題なのかと言えば、さっき言ったが、他に比べてつまり他府県に比べて話にならない不当な扱いのもとにあるということ、が問題なんだナ、つまり。

勿論、全ては軍事基地に由来する問題だ。

人間はアレだよナ。相対的に過重な負荷を強いられる、ということに堪え難いものだよナ。逆に言うと、全国等しく負荷を分け持つのなら、それはそれでまだ堪えられるワケだよナ。一応、思想・信条は抜きにしてナ。

薩摩以来ずっと今日まで、他によって不当、不本意な状況のもとにおかれ続けて来た。こういうのは不条理だと言わんといかんよナ。人間は誰だって何らかの不条理のもとにあるなんて一般論に解消されちゃたまらんよネ。

基本的に人は相対的にものを見て考えるんだからな……。しかし、我々の祖先つまり沖縄人がダラしなくて蹂躙され翻弄されてきたから仕方がない、とも一応は言えるよナ。なにごとも自己責任だとしたらナ……。ちょっと飛躍に聞こえたかも知れないな。

つまり、祖先を自分と一体のものとして引き受けているワケだヨ。祖先のせいで現在があるとしても、その現在に対する責任は自分にあるんだからナ。それにそもそも、祖先や先人や先行世代の責任だなんて言ったって何にもならないワケだからナ。ただそれだけのことだ、言うだけの――。第一、責任をどのようにとらせればいいと言うのか、そんなのはない……。

視点を変えて言うと、何の為に責任を追求したり、問題にするのかと言えば、つまるところ、現在および将来の変革の為に、ということだよネ。だとしたら、何も〝先人の責任〟を持ちださなくてもいい。ひたすら、変革の為に何ごとかをすればいいことだ。自分がネ。

もう一度言うよ。沖縄の現在は先人のせいではない。それに甘んじている自分のせいだ。

同じように、他人のせいでもない。つまり日本とかアメリカとかのだな。それも自分のせいだ。全ては自分のせいだ……。なぜと言うに、それを許しそれに甘んじてる以上、まぎれもなくそれは自分の責任だ。

格好つけて言ってるんじゃないヨ。ちゃんとあとがあるんだからネ。帳尻合わせさせて貰いますヨ。

全ては自分の責任だ……。

その代わり、と言っちゃ何だが……。

おこがましいが、いろんなことさせて貰いますヨ。

過去から現在までの不条理に対する俺自身の対応と言うか、抗《あらがい》と言うか、恥ずかしい言い方だが、挑戦と言ってもいいナ……。

それで話は戻って、沖縄の軍事基地の問題ということになるワケだが……。

俺はなにも、米軍基地のことだけを言っているのではない。自衛隊基地も含めてのことだ。前にも言った通り、俺の考えでは、本気で沖縄の米軍基地を無くそうと考えるなら、自衛隊基地はおろか全世界の基地を無くせという論法にならざるを得ない。

何故か。全ては連関するからサ。日米の間だけじゃ勿論ないからナ。全世界の軍事問題の相関図の中に全ては存在しているワケだからナ。世界中みんなで相関関係を作り上げている……。

そこでだ。全世界の全ての軍事基地を無くせ、無くそうと言っても、そもそも誰が誰に向かって言えばいいのか。どうすれば有効なのか。——絶望的だナ。文字通り絶望的。

ところがだナ。その軍事基地の実体を成しているところの、つまりその基地のもとに存在しているところの武器・兵器ということになると事情は違うと、俺は言いたいワケだ。

全ての武器・兵器を無くせ、と言ったところで同じだ、絶望的だ、とは勿論一応言えるだろうけど、そこを少し考えたいワケだヨ。

軍事基地と言う空間的なものは、どうしても抽象的でイメージしにくい。ところがだナ、武器・兵器となるとイメージし易いじゃないか。実体的で実感的じゃないか。そこで的を絞ってだナ、的を外さないようにだナ、あえて焦点を武器・兵器とする。

つまりそこで、全ての武器・兵器を無くす為にはじゃあどうすればいいか、という問題にいよいよなる。

分かってるよ、志村。気が狂ったか、と言いたいかも知らんナ、お前。

人類何千年もの歴史を経てなお、武器・兵器を棄てられない現実が厳然としてあるからナ。

だけど、これは、棄てられる筈がないと、あまりに思い込み過ぎている結果じゃないのか。あえて、一度そう考えてみて貰いたいネ。

そう考えてみると、話は変わってくる。俄然として変わってくる。

イヤ、逆に言うよ。武器は棄てられない、と固定してしまったら、もう話は出来ない。進まない。

そこをだヨ。仮りにでいいから、一度でいいから、棄てられる、棄てられるかも知れないでもいいや、一度、その固定観念を離れてみて貰いたい。と俺は言いたいワケよ。

固定観念を離れてみたところで、それだけならどうにもならないよナ。だけど、とりあえず固定観念を離れてみる。そして考える。

〝武器・兵器は棄てられるかも知れない〟

ああ面倒くさいよ、全く。

武器・兵器は捨てられるかも知れない、と思わせる為にはどうすればいいか、というと、何か説得力のある話をしなければならない。

だけど、その話が長々としていては極く一部にしか通じない。伝わらない。理解して貰えない。いや、それさえ難しいかも知れない。――それじゃあ駄目だ。

より多くの人間に伝えて納得させる為には、何か簡潔でしかも強烈に説得力のある文言を考えなければならない。即ち、簡潔な論理だ。そうなんだヨ、志村。お前のジンブンを借りたい、とそう言ったのは他でもない、実はまさにそれなんだよナ。簡潔で魅力的で説得力のあるフレーズ……」。

「ふうー」。

「済まん、済まん。疲れたか。ハイ、一杯飲め」。すっかり冷めた酒を注いでやった。

「信平、お前いつ頃から考えてたの？　そんなこと」。

「ずっとさ。具体的には十年くらい前から」。

「考えてみたこともないよナ、俺なんか、そんなこと、全く」。

「考えざるを得ないワケさ。俺なんかでさえ」。

「でも、お前ようやるナ。忙しいネ。甲子園目指したり、空港問題やったり、今度は基地問題か……」。

「あ、そうだ。空港問題で思い出したが、お前にあんな長いの読んで貰ったのは実は魂胆があってのことだったんだヨ。俺が如何に本気だったかということを知って欲しかったワケさ。つまり本気度。で、その本気度を知って貰った上で、今度は基地問題で、それ以上に如何に本気かということを想像して貰いたい、という魂胆だったワケさ……。

言葉を換えて言うと、俺の基地問題の為に、まさにその為にこそ、空港問題を読ませたということサ。そうでなきゃ、あんな長たらしいの他人には見せん」。

「ハハハハハ、全く。そんな深謀遠慮があったとはナ、全く――。ん、それで？」。

「そうなんだ、えーと、なぜお前にこんな話をしてるのかと言うとだな、つまりアドバイザーと言うか、知恵袋が欲しいワケさ。

沖縄の人間じゃない外部の人間、つまりヤマトの人間、そして出来たらいろんな国の人間と本当は話をしたいんだナ。どれくらい考え方にギャップがあるか、それを先ず知りたい。そして、そのギャップは論理によってどこまで埋めることが出来そうなのか、どうなのか、俺にはサッパリ分からないから、それを知りたい。次に、優れたアイディアがあればそれを出して貰いたい。そして議論してより高めたい。――つまり、そういうことだ」。

「途方もないな」。溜息まじりに志村は言った。

信平はタバコの煙を吐き出しながら

「この間〝三酔人経綸問答〟を読んでみたが……驚いたネ。一酔人がナ、丸腰論をブッてるんだよネ。つまり非武装中立論。当時としちゃあ恐るべき異説、異論だと思うんだが、偉いですネ、中江兆民は……」。

「ふぅー」。志村はハッキリと溜息をついた。いい加減にして話題を変えないか、というような表情だった。

「俺の出た小学校は石垣小学校というのだがネ」。信平は顔を和らげて少し話を変えた。

「その校歌、つまり石垣校歌だナ。俺はとっても好きなんだよネ。泣かせるゾ。健気で純で、実に溌溂としていて伸びやかでいいゾ。

　終戦直後にできたから、何と言うか、新生の気象というか、それが実に大らかに謳い上げられているゾ。いいか、こういうものだ。

〝大きな空だ　青空だ　望みに燃えた僕達は
自由にかける空の子だ
明るく元気でのびのびと　世界の道を歩むのだ〟

どうだ、これが一番だ、いいだろう。

校歌なんてのは決まって、常套手段として地域の名前とか特長とかなんかを必ず入れたりするだろう。それが全くない。完全にない。それがまず偉い。そして詩としてたいへん優れている、と俺は思うネ。何しろいきなり大きな空だゾ。青空だぞ、しかも……。

このストレートな爽快感はたまらんネ、俺には。自由にかける空の子だゾ。空の子。ええ？ これ以上の解放感なんてあるか、お前。世界の道をだナ、明るくだナ、しかも元気でだナ、歩むんだゾ、この野郎！」。

志村は俄然目を輝かせた。

「ふうん。いいネ。信平、お前そこ出たの？ さもありなんだネ。しかし偉い人がいたもんだナ、石垣に」。

「志村、お前石垣バカにしたらアカンド。えーと、二番！

〝大きな海だ　黒潮だ　真理の岸辺　めざしつつ
ゆうゆう流れる　海の子だ
嵐にあうとも　恐れずに　自ら道を開くのだ〟

三番だがナ。ここで少し調子が変わる。八重山の代表的な古典民謡で、〝鷲ぬ鳥〟というのがあってな、恐らくそれを踏まえているんだが……。

〝変わらぬ緑だ　ガジュマルだ　母校の愛の巣の中で
すくすく伸びる　夢の子だ
今に羽ばたく日が来たら　世界に幸をもたらそう〟

つまり、最後は郷土と言うか母校を出してきて、今に羽ばたく日が来たら、とつなぐワケだ。うまいと思うネ。立派なもんだ」。

「俺のとこなんかチンケなもんだったゾ。憶えてなんかないよ、全然。そう言えば中学も高校もそうだナ。校歌なんかキレイサッパリ忘れたよ。〝都の西北〟だけだもんナ、せいぜい。ポピュラー過ぎて好きじゃないけどナ、アレ。……イヤ、立派でホント泣かせるな、お前の母校。作詞者に大いに敬意を表するヨ」。

「この歌思い出すとネ、こう思わざるを得ない……」。信平はまた話しだした。

「地球儀はおろか、地図にさえなかなか出てこないくらい小さな島だろ、石垣島は。

そこの人間がいきなり世界に結びつく、というのは考えてみるとごく自然なことなんだよネ、実は、逆にな。妙な理屈だがナ。つまりは、極小は極大に似たり、というところかな、って思うヨ。コンプレックスの裏返しなんて理屈も一応は考えられるかも知れないがナ、そうじゃないよ。自然なんだよネ、却って。島の外は、いきなり即ち世界そのものなんだよネ。中間項が無い、と言ってもいいかも知らんな。少し極言すると、沖縄本島もヤマトも無い、等し並みに世界だッてネ」。

志村は遥か遠くを眺めるような目で、「俺なんか日本の中心そのもので生まれたからナ……京都。……育ちは大坂だけど……。少し新鮮だナ、今の話は。俺なんかには全くない眼差しだナ。しかし、大変よくワカるな」。志村はわずかの時間、ある種の感慨に浸るようだったが、元に戻って、「俺はもうジンブンなんかないゾ。身すぎ世すぎですり減らし、すり尽くしてしまったよ」。

本音が半分と察した信平は少し労る気持ちも込めて

「なに言ってるんだ。お前は偉大なんだゾ。いつまでも偉大ッ。名コピーを考えてみてくれ。頼む」。学生気分に似た昂揚感があった。

「仮りにだヨ、信平。お前と俺とで、そのなにか、お前の言う簡潔な論理やらコピーとか考えたとしてだ……それでどうなるの?」。

やっとここまで来たかと嬉しく思いながら信平はタバコに火を点けた。

「そうなんだ。それだけでは勿論なんにもならない。問題はだナ、いいか。プログラムを考えて、それを示すこと。それが問題だ」。

「プログラム?」。

「そう、プログラム。いい? 先ず、名コピーがあるとする。何度も言うが、論理性があって説得力のある簡潔でメッセージ力のあるコピーが先ず出来たとする。すると次は、それを外部に対してどう発信してゆくかということだヨ、問題は。それを考えよう、というワケさ。もっと言うとナ……実は遠大な計画の全過程を合理的で明瞭に、その手順を、つまりプログラムを示すこと、それがもっと大事なんだよナ。イヤ、もっと言ったけど、同じ程度にだ。コピーとプログラム、この二つを外部に向かって示すこと……。

優れたプログラムを考えることが出来たとするだろう。

つまり優れたとはどういうことかと言うと、これを見た人間がだナ、あ、これなら若しかしたら何とか出来るかも知れないと、実現可能性をだナ、少しでも感じさせることのできるプログラムということさ。

そのプログラムが出来たとして、それをタタキ台にして何人かの人間が、例えば幾つかの国の人間が本気で議論できれば、これはもう半ば成功したと言ってもいいくらいだ。

　コピーとプログラムの二つと言ったけど、なに、そのコピーだってプログラムのうちなんだよネ。そうも言えるワケだ。さらに言うとだヨ、俺にとってはお前とこうして話していることも俺のプランの中のつまりプログラムの一環、重要な一ページなんだよナ、実は」。

「ああ」と志村は昔のように、首を少し横に振りながらおどけた顔で
「遠大なプランだなァ。天文学的遠大さ。お前がドン・キホーテで俺がサンチョ」。

「おお、いいぞ志村、その調子だ」と言いながら信平は、少し複雑な気分を味わった。

　逆転している……。昔と反対になっている。この前、何十年ぶりかで会った時にも感じたのだが、ポジショニングが入れ替わっている。どんな話題になっても、なんとなくリードしているのは自分の方だ。志村のあの輝くばかりだった精彩が影をひそめているではないか。淋しいことだ。けれども、考えようでは少し嬉しく思うべきかも知れない。この逆転現象は……。

「信平、お前本当はもっと具体的にすでに考えてあるんじゃないの？　コピーだって」。

少し切り込んでくる気配があって信平は喜んだ。

「うん、本当はナ。一応のところはだナ。まあ、タタキのひとつくらいとしてはだナ」。

「言ってみろよ。サンプルの一つくらいは見せてくれないと、少し雲をつかむようだ」。

どうしたものかと、信平はちょっと思ったが、そうそう会う機会が無いことを思うと、エイという気持ちになった。

「うん、例えばナ、こういうのはどうかネ。

〝人類の間で争いごとを無くすことは出来ない。なぜなら、それは精神の所産だからだ。

けれども、その争いごとに用いられる道具即ち武器・兵器を無くすことは出来る。なぜなら、結局のところ、それは「物」だからだ。〟

まあ、恥ずかしながらだナ、例えば、というところでサ。少し長いと言うのなら、後段だけでもいいけどサ。武器・兵器だけでもナ」と言って、大きく息をついた。

志村は口の中で繰り返しているようだった。腕を組み直して
「なるほどネ。いいじゃないの、信平。とてもいいヨ、これ。うーん」と言った。

「だからサ、あくまでもサンプルだよ、コレは。もっともっと冴えた優れたコピーが欲しいワケさ」。

「うーん、自信ないなあ。いや、コレはホントにいいと思うんだヨ。これ以上のものはなア」。

「おい志村、おい先生、淋しいこと言ってくれるなヨ。俺はネ、俺の可能な範囲でジンブンを結集したいと思ってるんだからネ。お前はその筆頭なんだからネ。うん、帰ってからじっくり考えてみてくれ、頼む。あ、一緒にプログラムもな、頼む」。

「結局のところ、それは〝物〟だからだ」。志村はくり返していた。

談合

「談合は無くならんのか」。伝七がぽつりと言った。連日、談合事件がマスコミを賑わしていた。

〝高清水〟の冷やを口に運びながら信平は、どこから話したらいいものやらと、少し間をおいてから喋り出した。

「この前、昔の映画、森繁の社長シリーズを何本か見たんだが、やっぱり面白いネ。いいネ、笑えるゾ。どの作品でも彼が何か歌うんだよネ。いいですネ。その中の一本で、彼は北大出身ということになっていて、〝都ぞ弥生〟歌うんだよナ。これが実に良かった。映像も伸びやかで抒情的でナ。

それで、彼は建設会社の社長なんだが……。ある重役との会話の中で、実にスンナリと、全くなんのためらいもなく、談合の話するんだよネ。公共工事のサ。世の中が何の疑いもまるで持ってなかったんだナ、あの頃。談合は当たり前と……」。

「なるほどネ。そうだよナ。昔は全く問題にしなかった。だけど、今は違うだろう。公取法で――。談合せんといかんのかネ、業界は」。オオタニワタリのテンプラを美味そうに食っている。伝七は学生の頃から、世の中で一番美味いのはオデンの大根だと言っている。

「それに代わる方法が分からないんだよネ。誰にも分からない。それが分かったらネェ～」。

昔二人でチェーホフの舞台劇〝三人姉妹〟を見たことがある。そのラストで長女だったかが思い切り情感を込めて言うのである。

〝それが分かったら、それが分かったらネェ～〟。そこで幕が下りる。二人とも、劇を見てこんなに感動したことはこれまでにないと、その夜遅くまで余韻にひたっていた。だからこのセリフは、二人の間ではフザけてよく使われていたのである。

「たとえば一千万円の仕事があるとするだろう。役所の予算が一千万。そんなのすぐにバレるからネ、業界に。役人が必ずと言っていいほど、誰かに漏らすワケさ。役所も、予算一杯使って欲しいと思ってるからネ。余らせてしまうと、次の年から予算が減らされてしまうからだヨ。数字が甘かった、ということで。

そこで業者が集って、いろんな方法で、落札する奴きめるワケさ。決め方は、業界によって色々あるようだけど、最終的にはクジ引いてでも決める。何としてでも決める。そうしなければ、限りないタタキ合いになってしまうからナ。一千万折角あるのに、ひどい場合には三百万円とかで取ってしまう、ということになるワケだ、そうなると業界全体が持たない。共倒れは目に見えている。役所だって困る。だから、仕方がないワケさ」。

「その理屈だったら、土建屋だけじゃあないだろう。全部談合しているということか」。

「大体、そうじゃないのか」。信平はアッサリと言ってまた続けた。

「だから、お前ら新聞がいつまで経っても珍しそうに大々的に取り上げて書いてるのみると、困ったもんだと思うよネ。もっと掘り下げて基本的、根本的な論議をしなければな、と思ってるヨ。

自明の前提みたいに談合は悪である、というところから全て出発しているだろう？談合のどこがどういうふうに悪いのかというところを、真面目に考えなければならんと思うヨ」。

伝七はじっと考え込むような顔つきを見せて
「自由競争を妨げている、というのは、どう見ても悪いことだろう」とゆっくり言った。

信平は難儀だが話さなければならんな、と思いながらタバコに火を点けて言った。

「だから、誰にとってどういうふうに悪いのか、ということさ。いいか。役所の予算がこれこれある、と。その予算を業者が百パーセント近くで落とす、と。すると、その業者は儲かるよナ。その分従業員の給料をもっとよくしてやれるよナ。そして、当然、その家族は豊かになると。そして購買力が上がるワケだから、他の商売・業界に波及するよナ。

そうすると、つまり社会に還元されてゆく、ということになるよナ。一体、誰が損しているのか？

談合罪悪論でよく見聞きする理屈の筆頭はこうだよネ。

〝血税を無駄に使っている〟。

問題はそこだよナ。一体、血税を無駄にしているのか、というところだ。よく考えてみよう。さっき言ったように、結局、皆で有効に予算使って社会に還元しているワケだから、全然ムダではないじゃないか。逆じゃないのか。

例えば、いいか。一千万円の予算があるのに一時しのぎで三百万で落札するとする。すると七百万円浮いた、と喜ぶべきなのかネ。七百万円をどうするのか。他の工事に回せるからいいじゃないかと、一応考えられるよネ。すると、浮いた分で回したその他の工事もまた同じようにダンピングして誰かがとる、と。誰も儲からないよナ。一業者がほんの一時しのぎになった、というだけの話だろ。そのムリして取った会社も儲からない。とれなかった他の業者も勿論儲からない。このようにして、この業界全体がダメになってゆく。

従業員は解雇だよネ。社会に還元されてゆく何ものも無い、と。こう考えると、果たして血税のムダ遣いなのかネ。反対じゃないか。税金をムダなく社会全体で回してゆくんだからサ……。

第一だナ、考えてみても貰いたいネ。仮りに談合が全て無くなるとする。すると、受注の見込みとか予定が全く立たなくなるじゃないか。本当は一番問題なのはそこだと、俺は思ってるんだヨ。いいか。予定が立たないというのは大変なことだヨ。受注の予定がある程度立てられるからこそ、従業員を雇うことも出来る。設備投資をすることも出来るんだヨ。

予定が立たないと、何にも出来ないんだヨ。

失業者は著しく恐ろしく、増えるよナ。すると、一方で政府は失対事業とか雇用創出事業とか、人材育成事業とか、産業振興対策とか膨大な予算をかけていろいろやるワケだ。勿論、失業保険金はハネ上がる……。

このあたりを真剣に考えて貰いたいワケよ。この矛盾をネ。

いいか。建設関連でメシ食ってる国民は全体の何割かあるワケだヨ。その分野全体が成り立たなくなるんだヨ。しかもだヨ。それが購買している他の産業のことを計算に入れたら、これはとてつもなく大変なことじゃないか。さらに言うとだナ。さっき言ったように談合は建設関連だけじゃないワケだから、世の中から談合が無くなったらどうなるか。

……一方で建設産業全体を潰しながら、一方で産業振興？　一方で大量に失業者を出しながら失対事業？　その間失業保険金は壊滅的に支払われて……。

よく考えてみよう。自由競争の自由に価値があるのか。競争に価値があるのか。ひっくるめて自由な競争に価値があるという考え方だよナ。お前を含む世の中一般においては。

しかし本当にそうなのか。

自由競争と言うけれど、競争しなくて済むんならしない方がいいんじゃないか。しかも、しない方が全てうまくいくとしたら、なおさらじゃないか。

自由に競争しても誰も得をしないどころか、全てがまずくなるとしたら、大いに考えるべきではないのか。そのあたりの論議は全くなされていないよナ。一面的表層的論議だけで、本質論になっていない。見聞きしたことがない。これは一体なんなんだ。

談合摘発を言いながら一向に無くせない。

笑っちゃうよネ。業界の代表者が集まって、もう談合はしませんと宣言して、それでもやっぱり談合は続く……。代表者自身がよく知ってるワケだよネ。それが無くなったら一社として持たないということを。企業だけじゃない。役所だって、本当はよく知ってるから表と裏と使い分けている。談合防止を言いながら、これが無くなると大変なことになるから、一向に本気になれない――。

ホラ、よく聞くだろう、談合必要悪論。談合は悪いことだが必要である、と。あるいは談合は必要だが悪である、と。

それもおかしいよネ。みんなが必要としているのなら、何でそれが悪なのかネ。むしろ善じゃないのか？　必要善という言葉は無いよネ。つまり、必要なのは善なのだという前提が共有されてるからじゃないのか？

談合と天下りがセットで論じられる場合が多いから、言わせて貰うが……。

さっきから言ってるように、談合には社会的意義が大いにあるけれど、――と言っても官製談合はマイナス面しかないが……。

天下りに社会的意義は全くない。なぜなら莫大なカネが社会に還流していかないからだ。彼らのフトコロに入るだけだからだ」。

「ちょっと待て。さっきのお前の理屈から言うと、購買力が上がるじゃないか」。

「そうじゃないよ。購買力は元々有る連中なんだヨ、彼らは。ただ貯金するだけさ。老後に備えて――。還流しないんだヨ、彼らの金は」。

「……」。

「公益法人などの変な特殊法人、四千五百もあるそうだ。四千五百だヨ。

これらの組織が天下り受け入れて、見返りに官製談合で仕事貰ってそれこそ血税の無駄遣いするワケだ。

従ってつまり、官製談合と天下りは全面禁止にしなければならない。

それと……不思議なのはアレだな。政府や役所は昔から、例えば欧米の発注方法とかの研究は当然やってる筈なんだが、結局ちっともそれが導入されない。つまり、日本のこれまでの談合が最も合理的で全体のタメになるということがワカッてるからじゃないのかネ。

その辺を考えると俺はネ、日本社会の二大矛盾はこの談合と、憲法九条だと思ってんるんだよネ。

文字通り読んだら許される筈がないものを、無理に無理を重ねて、拡大に拡大を重ねてとんでもないことをやってる憲法九条……。談合と同じだ、談合と。

表向きは悪いことだ、無くさんといかんと言いながら、それに代わる解決策が今のところ無いから黙認しているところの談合……。

書いてあることと正反対のことを、さんざんいじくり回されて施行されているところのあの九条……。

保持しないと謳いつつ堂々たる戦力を保持し続けて愧じないところの九条と、止めました、やってませんと宣言しつついつまでも止められない談合と。この二つは、根が一つで別々に咲き続けている徒花じゃないのか？

九条と談合は日本社会を大きく歪めている二大要因だと俺は思ってるヨ。日本人のイヤらしさ、インチキさの二大根源……」。

じっと聞いていた伝七は、その口癖である〝なるほどナ〟を深いため息とともにつぶやいてみせた。

「フン」。信平はそう言ってからトイレに立った。

帰って来ると、伝七は深刻そうな顔をして酒にもタバコにも手を出さずに黙っていた。

「ああ、ひとつ言い忘れたけどナ」。信平はつけ加えた。「念の為に言うけどナ。ダンピングして工事をとるとするだろう。すると、予算が余ったから納税者が得をしたのかと言うと結局はそうではないと、さっき説明したよナ。もうひとつあるヨ。納税者は得をしないということが――。大きく予算を割って請け負われた工事というのは、やはりその分、質の悪い仕事にならざるを得ないから、結果的にこれは国民の為の財産としては残らないんだヨ、基本的に」。

「……」。

「それからナ、伝七。じゃ、結局、解決策としてどうするかということなんだが――。談合奨励というワケにも勿論いかんから……。つまり、談合という言葉が死語になるような抜本的なことした方がいいと思うネ。

あらゆる業界には組合とか、協会とかあるだろう。発注者つまり行政は、予算をそのままその組合なり協会なりに下ろしてしまえばいいと思うんだよネ。発注者レベルが国・県・市町村とあるように、それぞれに対応したレベルの組織が存在するからネ。

あとはそれらの組織内で勝手に業者を決めればいい。契約は発注者とそれらの組織が結ぶ。だから当然、組織を挙げて取り組むことになるから品質は向上・保証されると思うヨ。責任もしっかりとれるしナ。なにしろ、仮に一業者が施工するとしても、契約者は彼らの組織だからナ。

競争で浮くかも知れない金額が浮かなくて納税者は損だ、なんてレベルの低いところでものを考えちゃいけないと思うネ。さっき言ったような理屈で……。

それからナ。組織に入れないような小さな業者はどうするか、ということがひとつあるよナ。それはネ……。そういう組織にさえ入れない程の小さな業者は、そもそも行政が入札参加業者として指名しないワケだから問題はないヨ。むしろ、たっぷり予算を使って、下請け・孫請けまで正当な利益を上げられることになるんだヨ。

前に言ったように、それが、世の中に還流してゆくということだよネ。

そしてだヨ。大事なことだが……。役所と民間の組織が直接契約結ぶとナ、役所と個々の企業との直接のつながりが無くなると言うか薄まるワケだから、スキャンダラスな妙な関係も無くなってゆくよナ。その間を取り持つ政治家との問題も無くなってゆくよナ。つまり、政官民がましな関係になってゆくと思うヨ。さらにだナ、天下りの必要も無くなってゆく……。だからつまり、談合問題と天下り問題は同時に一挙に解決に向かうことになる。勿論、政治献金もその必要が無くなって政治とカネの問題も、かなり解消に向かうことになる」。

ここまで話して信平は、話をガラリと変えた。いつものパターンである。

「この前、チョットした或るいい女から聞いた話なんだが……。

運転免許の切り換えで、彼女は試験場に行った。写真を撮られることになった時、ハッと気が付いた。眉墨を忘れた、と。急いで事務室へ行ってそれを借りようとした。なにしろ五年間使われることになる写真だからナ。

カウンターでうつむいて仕事している女事務員に言った。『あの、すみません。眉墨貸して下さい』。

『えッ』と言って顔を上げたその事務員を見て彼女は、とっても悪いことをした、と思ったそうだ。その事務員は特別、もの凄い太い眉だった……。ハハハハハ」。

伝七は細い目を一層細くしてアハハハと笑いらながら盃に手を伸ばした。そして「信平、ヒージャー屋に行くか」と言った。

森田氏

東京のある私大で社会学の教授をしている森田という男と会うことになった。伝七に頼まれたのである。琉球タイムスで主催した講演会の講師の一人として呼んだものらしい。森田氏一人は、二、三日滞在して帰ることになっていて、一晩は伝七が付き合うことになった。ところが、よんどころない事情でどうしてもそれが出来なくなった。ついてはその代役をお前に頼みたい、と言われたのである。代役ならいくらでもそっちに居るじゃないかと言ったら、イヤ、お前にとっても少し面白いだろうと思うから、と言うのである。森田氏は地球市民ナントカ東京という季刊誌の編集責任者でもあるらしい。

前からよく知っている、と伝七は言った。

〝夜桜〟の小上がりで信平は熱燗を飲んで待っていた。彼はどんな会合でも早めに行く。早く飲みたいのである。そして食いたいのである。

パーティーは嫌いだからあまり出ない。仕方なく出る時は出来るだけ早く帰る。始まる前に帰ることがよくある。出席の形だけは残しておいて、つまり名刺などは出しておいて。始まる前に会場を出ても、誰も疑わない。そんな人間はまずいないからである。直ぐ戻って来るだろうと、誰でも思うのだ。

森田氏は少し遅れてやって来た。

熱燗いいですネエ、と言ってすぐニコニコした。伝七の見識と人柄をとてもよく誉めた。

アカジンミーバイの薄造りが絶品だと言った。

「伊平屋のアカジン、与那国のカツオ、と竹中労が何かに書いてました」と信平が言うと

「あ〜、あ〜、へ〜」と大変喜んだ。

信平より四つ年下だった。話好きの好漢だったから、楽しい話だけにしたいと思った。

数奇屋橋近くの生まれだと言ったから、信平は高校の時の話をして聞かせた。

卒業生を送る会で、寸劇〝君の名は〟が演じられた。最も重要なサワリ、数奇屋橋の場面で——。「マチ子さん、君の名は——」。

森田氏は文字通り転がって笑った。

寸劇がもう一つあって、これは病院が舞台だった。その受け付けの場面。入って来た受診者に対し、看護婦が元気な声で「いらっしゃいませ！」。

森田氏は普通程度に笑った。

こんなのはどうだろう、と調子に乗って信平は聞かせてやった。

映画館の切符売り場で――。自分の前の若い男が「学生一枚」と言うのを聞いた老人が「農業一枚」――。

森田氏は先の二つの中間程度に笑った。

沖縄の方言の話題になった時、信平は石垣での話をした。

「耳垂れの男がいた。〝耳腐れ者《ミンフサラー》〟と渾名されていた。その男の弟はごく普通の耳だったのだが、兄のせいで〝耳香さ者《ミンカバサー》〟と渾名されていた。アハハハハハ、いい匂いの耳だって。ハハハハハハハ」。自分だけ大笑いした。

「森田先生、先生も何か僕を笑わせて下さいヨ。なにしろ江戸っ子でしょ。数奇屋橋でしょ」。

「いいえ、ワタシなんか、ハッハッハッハッ。しかしもっと恐い人かと思ってました。伝七さんから、空手の達人だと聞いてましたし」。

「彼に比べたら誰だって達人です」。

「アハハハハ。えーと」。

「ン？」。

「この前、何かで読みましたけど、地元の物書きの方なんでしょうネ、反復帰の思想を今日的情況の中で読み解く云々と難しい書き方してましたが、ウルトラ革新の八重垣さんも勿論、その同調者なんでしょうネ」。

「お願いですから、私に革新などと呼び方しないで下さい。気持ち悪いですから。えーと、何だっけ。ん、反復帰？　いいんです、済んでしまったことは。読み解く？　パズルじゃあるまいし、解くって何なのでしょうか。解かなきゃ分からんようなものなら最初から読まないのが僕の主義です。難儀ですからネ。彼らは映画でさえ読み、かつ解くのだそうです。大変なものです。ん？　検証とか再検証？　そんなのは好きな人がやればいいんです。

反復帰論草創期世代に対しては少し敬意を表します。しかし、チルドレンは別です。ヤンガーブラザーズは別です。

復帰についてどう思うかって？　上等じゃありませんか。圧倒的に多数の人間が望んでいたことですから。今さら、内容はいいんです。意味などはいいんですヨ。多数の人が望んでいるのなら、叶えさせて上げなさいヨ、というのが僕の主義です」。

「……大衆に学べと……」。

「誰がそんな気持ち悪いこと言いましたか。大衆は嫌いです」。

「なぜです」。

「大衆は下品だからです」。

「ハハハハ、大衆は下品ですか？」。

「自分を見れば分かります」。

「うわっ。参ったな、全く。心にもないことを」。

「半分は本心です。ですがネ、そこのところが難しい」。

「どういうことです？」。

「いつか革新のエースが代議士選挙で負けた。負けるべくして負けた。なぜかと言うと……。キャッチフレーズがいけなかった。

〝大衆は我が師なり〟を連発していた。

本心でそう思うのなら、偉そうに代議士選挙なんか出なければいいんです。しかし、半分くらいは本気でそう思ったのかも知れない。

そういう曖昧なところ、頼りないところはまさに大衆です。それは大衆自身がよくワカる。だから、くり返し言われれば言われるほど、自分達程度の頼りない人間に票は入れられない……」。

「あ、なる……」。

「待て、まだある――。だから、ああいう大選挙で勝つ人は本当に強い人間です。つまり大衆ではないワケです。しかしまた大いに下品でもある。なにしろ下品でないと、選挙なんか勝てないしナ。すると、下品な彼は大衆か？　だから、難しいと言ったワケです」。

「あ、ワカりました。信平さん、あ、ご免なさい、信平さんでいいですよネ。え〜と。つまり、大いに下品な人は大衆ではないが、少し下品な人が大衆であると――」。

「そうゆうこと！」。

「ハッハッハッハッハッハッハッ。ところで、話戻って、先程の、えーと、反復帰論者みたいなチョー知識人達とのつき合いは信平さんないんですか。当然あると思ってましたけど」。

「ないことはないです。ただ、率直で愛すべき人物は何と言っても保守型の人間の方に多い、と思っています。一番可愛くないのは団塊の連中です」。

「団塊に対して何か恨みでもあるのですか、先生。さっきから聞いてると、どうも、そのように……」。

ウッと詰まりかけたが、信平は開き直り、

「ははは。マア、本当のことを言うとですネ……。一つ年下の連中の活躍が目立って面白くないんですネ、実は。沖縄では、思想家、歴史家、小説家と、活字で活躍してるのはみんなこの同年の奴らばかりで、一年上の我々としては全く面目がなく気に食わんのです。おまけに、言ったり書いたりしていることがいちいち納得出来て、ケチの付けようがあんまりないんで、ますます面白くないんですヨッ」。

「ハハハハハ。信平先生でもやいたり、ひがんだりってことあるんですネ。ハハハハハハ。ますます魅力的ですネ、先生、人間的で……」。

信平は眉をひそめて見せながら
「しかし、さっきも言ったように、もっと分かり易い言葉を使うべきですナ、やはり。第一、横文字、カタカナが多すぎるッ。トポスとかエッジとかイニシエーションとか、イヤですネ、全く。日本語の場合だってそうですよッ。〝言説空間〟なんて言葉はイヤですネッ。他に言いようがあるんじゃないか、全くッ」。

「ハイ……。僕もよく使います。〝言説空間〟!」。

「……。〝言論界〟じゃいかんのかネ、たとえば……」。

「あ、島ラッキョおいしい」。

「大体、何度でも言うけど、廻りくどいと言うか、もってまわった言い方と言うか、まるで、ヤヤこしい言い方でないと、〝思想〟じゃないみたいな〝信仰〟があるよナ、昔から。……言い方、書き方がまわりくどいから当然、考え方までまわりくどくなるんじゃないの？　って僕は思ってるヨ。

沖縄のいわゆる超知識人達が最も敬って止まない思想家、吉本なにがしや谷川なにがしやにしたって、ややこしい言い方しているけれど、沖縄に関することに限って言えば、つまるところ、天皇制というものを相対化するに当たって、全くヤマトとは違うところの〝沖縄〟という視点を得た、というだけのことじゃないの？　結局……」。

「……」。

「その視点を与えたところの沖縄の側でそれを有難がる、と言うのも妙な話だよネ。そんなのとっくに分かってますヨ、沖縄の人間は……」。

「昆布イリチーもおいしい……」。

「天皇制を相対化、無化する契機が〝沖縄の古層〟にある、なんてワザワザ言わなくても、彼らのもっと近くに〝隼人〟やら〝熊襲〟やら、〝土蜘蛛〟や〝蝦夷〟やらあるんじゃないの？……」

「島ダコのニンニク和えキョーレツ！」。

「おいしい？　ヨカッタネッ。第一、天皇制を無化どころか、相対化でさえ無理じゃないの？　ヤマトの人間には……。忠臣蔵が健在の間、天皇制は大健在ですッ」。

「ごほッ、何です？　忠臣蔵だなんて、いきなり」。

「島ダコのニンニク和え確かにオイシイ。惜しむらくは味噌が甘いネ、少し。え～と。去年の暮れから年明けにかけて考えましたネ。つくづく――。

〝忠臣蔵もの〟のテレビ放映時間の膨大さというのは恐ろしいと言うか、呆れるばかりですネ。特に年末から年が明けるまで。忠臣蔵は僕も大好きだからよく見てきました。古い映画の数々から新しい物まで……。登場人物のいちいちにエピソードがあるから、兎も角面白い……」。

「ハイ、それで天皇制が……」。

「いいですか森田さん、浅野内匠頭はなぜ切腹しなければならなかったか……。ある行事の際のつまりは行儀作法に関する細かい事柄を巡るお勉強で、その先生が親切に教えてはくれなかった……。それで、先生に対する怨みが爆発してしまった。松の廊下という所で……。

それが全ての始まりですよネ。あの物語の発端は誰でも知っている通り、そこにある。それで、その行事というのは何であったかというと、これも誰でも知っている通り、内匠頭が仰せつかった〝勅使接待〟というイベントですよネ。〝勅使接待〟あるいは〝勅使饗応〟。

——天皇その人の接待でもない。

——天皇のお使いさんの接待。そのお使いさんが仮に天皇の名代ではあるとしても、天皇その人では決してない。あくまでもお使いです。そのお使いに対してあれだけの大騒ぎをする……。式台の上で迎えるべきか、下で迎えるべきかとか。屏風の絵柄がどうとか、畳を一晩で何十枚（何百か？）も打ち替えるとか、内匠頭の装束がどうとか、とかとか……。

つまり、問題の発端は天皇のお使いさんの迎え方におけるお行儀を巡ることであった。そのお役目を巡ることであった。

僕はその関係の芝居や狂言を見たことはないから、映画やテレビのものしか知りませんが、セリフでは〝勅使接待〟か〝勅使饗応〟のどちらかです。元禄の昔から今日まで何百年も、実に数多くの忠臣蔵ものがくり返しくり返し日本人に見られ続けてきた……。あの事件が起きてから、つまり、一人の男が短気を起こして一人の老人に切りつけたというあの事件が起きてから、それまで人気ナンバーワンだった〝曾我兄弟もの〟に替わって〝赤穂浪士もの〟は断然、圧倒的な人気で以って日本人に愛され続けてきたワケです。

つまり、何百年にもわたって日本人は、さりげなくも、まさしくさりげなくも、〝勅使〟を刷り込まれ続けてきたワケです。そしてその勅使の背後の〝天皇〟をまさしく何の意識も持たないまま、それこそ自然に、まるで空気のようにあたり前の存在として受け入れてきたワケです。

毎年毎年、特に年末になるとあらためて、空気のようにあたりまえの〝天皇〟をインプットされて、新しい年を迎えるワケです。

何百年もそうしてきた。多分これからも間違いなく続くでしょうよネ……。

〝忠臣蔵〟を日本人が捨てること出来ると思いますか？

〝忠臣蔵〟が永遠なら、その背後の〝自然の如き存在〟ははるかにそれ以上に永遠です。

何も〝沖縄の古層〟や〝琉球孤の可能性〟などワザワザ出さなくても、茶の間のテレビを見て少し考えてみた方がいいんじゃないの？

日本人にとって、天皇制の無化とか相対化とか言ってみたところで、それは言葉の上で、いわゆる〝思想〟の上で遊んでいるだけです……。オヤもっと食べて下さいヨ」。

「……」。

「くり返しますネ、悪いけど。〝忠臣蔵〟のはるか遠景に、〝天皇制〟が目に見えないほどごく自然にそびえ立っている。その遠景が見えているかどうか知らないけど、〝思想の前衛〟がややこしくコネ廻して〝南島の可能性〟とか言っているワケです」。

「ウイッ。そういう視点って、ありましたかネ？　ウイッ、〝忠臣蔵〟と天皇制って……」。

「さあ、僕は見たことありませんネ、これまで。勿論、〝忠臣蔵〟に関する論考は数限りなくあるらしいけど……。僕が読んでみたのは小林秀雄と丸谷才一の物だけです。僕にとって小林秀雄は悪文ですから、よくワカらない所もあったけれど、一応面白かったという記憶はあります。勿論、今言った視点なんかとんでもなく無縁でしたけれど。

丸谷才一の詳細な論考は文句なしに良かったですよネ。面白かった。……勿論これも、天皇制のことなんかカスリもしないけど……」。

「う、う、う、う、う。〝ああ忠臣蔵！〟」。

「ああ、この酒おいしいッ」。

「ところで先生ッ。さきほど先生は〝遠景〟って言葉を使いましたからそれで思い出しましたが――。私の好きな言葉に〝未来は背後からやって来る〟ってのがありますが、先生は？　先生のお好きな言葉って言いますか、座右の銘って言いますか。何でしょうか？」。

「フン、未来は背後から……？　よく聞くセリフだ。珍しくもないッ。フン、背後霊でもあるまいし――。座右の銘なんかないッ。そんなのは無いッ」。

「う、う、でも、何かありますでしょう。奥の深い味わいのある、何かこう我々を思索に誘うようなと言うか、駆り立てると言うか、そういう言葉……」。

「フン、酒は百薬の長！」。

「アーッ先生、もっと真面目にお願いしますよッ。本当に……」。

信平はタバコに火を点けながら「健康第一！」ニコリともせずに言った。

「全く……」。森田氏は深くため息をついた。ややあって思い直したように

「考えてみれば先生、さっきのご説、つまり、天皇制と忠臣蔵なんですが、それは大変新鮮な卓見だと思います……。それで、それは分かったとして、あの事件の発端から終わりまで、あらためて思うに、〝武器〟がその周辺と言うか、いや、中核にからんでいますネ。

……つまり、松の廊下で刀を抜いて、切腹で短刀が使われて、天野屋利兵衛でしたか、そいつが大量の武器を用意して、最後に吉良上野介の首を短刀で取って、もっと

最後に浪士がやはり短刀で切腹する……と」。

「うん、それで？　グルクンのタタキおいしい……」。

「いや、それでと言われてもなんですが、それだけなんですが……。このあたりから本日のメーンテーマ・非武装について、つまり、全ての武器の廃棄は可能や否やについて、今一度お話を聞かせて下さいよ……」。

「……あ～眠くなってきた」。

「あ、先生、しっかりして下さいヨ。私はこれからなんですからネ………。

沖縄には昔から〝非武の思想〟と言うのがありますよネ。尚真王でしたか、武器を全て捨てさせましたでしょう？　それから『命どぅ宝』の思想が根づいていった……」。

「フン、あんなの嘘です。間違いです。勘違いです。ある時期に薩摩によって非武装化させられただけです……」。

「エッ、そうなんですか……」。

「尚真は武力で以って奄美から八重山まで鎮圧したワケですから、むしろ超武装論者です」。

「……でも、〝命どぅ宝〟……」。

「その言葉が誰によって何時発明されたのかは分かりませんが、しかし、いずれにせよたいへんいい言葉だと僕は思っていますヨ……。武器になる。ハハハ、武器だって……」。

「はははは。そうですよネ、キャッチフレーズとしてたいへんいいコピーですよネ」。森田氏はあらためて目を輝かせてきた。

「単に言葉だけでなく、沖縄にはやはり人命最重視の思想が根底的にあった、と僕は思っています。沖縄に〝人柱〟は殆ど無かった、と言っていいんじゃないかと思いますヨ。人を生き埋めだなんてとんでもない……。全く無かったとは言えないみたいだけど――」。

「あ、なるほど人柱ですか、う〜ん」。

「ホレ、貴方の奥サンは○○の生まれだと言ってましたけど、あの○○城なんか造る時、六十人くらい埋めたらしいですヨ。何かで読んだ憶えがありますが……」。

「あ、そうでしたかネェ。知らなかった」。

「人は石垣、人は城なんてフレーズ、あれはたとえなんかじゃなく、文字通り、そうだったんじゃないですか、ヤマトでは……」。

「そう言われてみれば、そうですよネ、たしかに……。結局、武士道ということなんでしょうかネ……」。

「いずれにしても我が方では命というものをたいへん惜しむ。大事にする。恐がる、と言ってもいいでしょうが、いいことだと思いますネ、僕は。大いに恐がるべし、と思いますネ。臆病たるべし、と思いますネ……。

体をいたわる、と言うこと。これは一番大事なことだと思いますヨ。〝命どぅ宝〟は、だからやはり非常にアピール性のあるセリフだと思っています……。

命とか体そのものに発するセリフや言葉は、最終的に最も強い言葉だと思っています。

あるいは、別の言い方すれば、命や体で感じたことそのままをストレートに端的に表明するということ、これは強いと思いますネ。

面倒くさい論理や思考や思想が内面にあったとしても、それの表現や表明は体感による端的な言葉で表わした方がいい、と思っています。

沖縄の基地問題なんかこそ、僕はそう思っているんです……。

アメリカの世界軍事戦略だとか、日本の安全保障のあり方だとか、そういうことを論じて沖縄の基地は――なんていうんじゃなくて、例えば、それこそ体で感じる現実の飛行機の騒音そのものを対象にして短くポンと言えばいい、と思っているんです。

『ウルサイ、どけッ』ってネ」。

「うわッー、〝ウルサイ、どけッ〟。タンテキ！」。

「これで喜んで終わっちゃあいけないんです。これからが難しい……」。

「何です、先生。折角タンテキに決まったのに……」。

「うん……、命どぅ宝やウルサイどけは言葉としてはタンテキで面白くて、ある程度の共感は得られるかも知れないが、広がりに限界がある。あり過ぎる。基地問題というのは根本的にそれの解決を目指すためにはやはり世界的規模で共感ないし共鳴し得る論理、と言っても長い論理じゃ駄目で、短くてしかも説得力のある論理でなければならない、と思っているんです」。

「そんなのありますか？　先生……」。

「そうなんです。ないですよネ……。だから難しい……。だけど、なんとかそいつを考えなければならない……」。

しばらく沈黙が続いた。森田氏は思い直したように口を開いた。

「沖縄で最も尊敬する知識人は誰ですか」。

「新川立裕です。現代沖縄に彼無かりせば、と思うとゾッとします」。

「先程のチョー知識人の方々の嫌いなところは何ですか」。

「利口ぶるところです」。

「ハハハハ、例えば？」。

「どうということのないことを、恐ろしく難しく書いて悦に入っている。そして例えば〝国家の隠された意図を見抜け〟みたいなことよく言うでしょう、彼ら。傲慢なことです。目の前に在ることさえどうすることも出来なくて、どうして見えないものが手に負えるのでしょうか。そして彼らは、見抜くと称して憶測を重ね、憶測の深さが即ち思想の深さだと、思い込んでいる」。

「なるほど、ハハハハ。憶測好きだなあ、僕も。いけません？　憶測」。

「下品です」。

「参ったなあ。新川立裕さんを尊敬する理由は？」。

「言いません。間違ってですヨ、こんなものを本人に見られたら、僕は死ぬほど恥ずかしい。アナタは物を書く人ですからネ。いつ何をするかワカらない」。

「へえー。信平さんもやっぱり、ヤマトの人間を警戒しますか」。

「僕は警戒するのは嫌いです」。

「なぜですか」。

「さっき言ったでしょ。僕は難儀なことは避けるタイプの人間です。グータラでものぐさなんです。警戒することさえ難儀なんですよッ」。

「そんなにものぐさなんですか」。

「フン。風呂は週に一回しか入らん」。

「うわッ。本当ですか。ウソでしょ」。

「ウソをつくのも難儀ですから、僕はウソはつかない――女房以外には」。

「うわッ。奥さんに言っちゃっおう、知らないけど。どんな人です？　奥さんは」。

「頭のいい女です」。

「たとえば？」。

「ウチの風呂場の入口には〝女湯〟と書いた暖簾が掛かっている。少しでも僕が入りたくなるように、という彼女なりの工夫です」。

「うわッ。ホホホホホ。頭いい！　シャンプーは？」。

「カユさが極限に達した時、ウソ。盆と正月の二回です。あ、シーミー入れて三回」。

「フェッフェッフェッ。何です？　シーミーって。まあいいか。三月四日のサンシンの日は知ってますがネ」。

「二月四日は？」。

「えっ、知りません。何です？　二月四日」。

「ニンシンの日」。

「アハハハハハハ、全く。何でしたっけ、えーと。だけど、しょっ中温泉には行くと伺ってますヨ。伝七さんから」。

「混浴が好きなだけです」。

「ウエッヘッヘッヘッ。混浴ですか。いいですネ。僕はまだ経験ないんですよネ、混浴」。

「僕は全国のリストを作り上げた。混浴の宿」。

「ウワー。見せて下さい。コピー下さい」。

「門外不出です。家宝です。一子相伝です」。

「あ〜あ、疲れた。コレ、シャコ貝すごく美味しいですネ。え〜と何でしたっけ」。

「アナタは何をしにここに来たんですか」。

「あ、そうだった。本題に入りましょう。真面目に行きましょう。え〜と、そのものぐさの信平さんが軍備問題には大変熱心だと伝七さんに聞きました」。

「……」。

「つまり、信平さんは非武装中立論者で、その主張をどう広げたらいいかと、いろいろ考えておられると……」。

「まあそうですが、〝中立〟は別につけなくても結構です。その自信はありませんから。

それに、〝中立〟という余計なものを付けると、焦点が拡散して的をはずします」。

「素朴な質問でご免なさい。武装を解除してどうなさいます？　若し、どこかの国が攻め込んで来たら」。

「日本単独で武装を解いてなんてことは言っておりません。全世界が同時に武装解除する為のプログラム案をどうやって作るか、ということがテーマなんです」。

「そういうことが少しでも可能だと、貴方は本気で考えておられるのですか」。

「本気で考えております。知恵を出し合って作り上げることが出来る、と確信しております。裏返して言うと、そう確信して取り組み、それを実現させないと、人類は永遠に武装をエスカレートさせるだけで……」。

「人類に未来は無いと――」。

「人類全体のことを考える余裕と自惚れは私にはありません。私の未来が無いのです」。

「と言うと……」。

「私の現在はナメられています。勿論、過去を受け継いでいると言う意味での現在です。

私を含む沖縄人は他律的に生かされて来ているという意味で、ナメられていると

していま す。

言ってるんです。毎日毎日ナメられています。完全に漫画的な日常の中で我々は暮らしています。

いつの新聞でもいいですから、開いて見て下さい。間違いなく毎日、我々をナメ切った言説が、活字が、踊り戯むれています。我々の土地や我々の海について、どうして我々抜きで勝手に処理されるのでしょうか。わが国ばかりか外国の政府までがどうして我々の意志に反することが出来るのでしょう。米軍再編計画をしたいのなら、アメリカだけでやればいいことでしょう。沖縄がなぜそれと関係しなければならないんです。我々は、いや、まだ私一人ですが、我々はそれに対抗して、いや、それに優先すべきものとして〝沖縄原風景復元計画〟というものを持っています。どっちが上位計画でしょうか。言うまでもなく後者です。なにしろ、我々が作ったものだからです。

ナニ、そんなの知らない？　今に知ることになるでしょう。

集団自決で軍命はなかった？

軍命が無くてさえああいうことが起こったとしたら、国家の責任はもっとはるかに大きいじゃないか。

自発的行為だった？

戦争中、全ての人間の全ての行為に自発的なものは何ひとつとしてない。一切ない。

ましてや……。

……我々が如何にナメられているか、少しはワカって貰えるでしょう。

それでつまり私は、私をナメているものの究極の根源であるところの武器・兵器に対して一矢報いようとしているワケです。あ、戦闘的表現になりましたネ。いいんです」。

「過去にさんざん非武装論者はおりましたし、そのグループや政党などもあったし、今もまだあるかも知れませんが、殆ど無視されているとは言えないでしょうか」。

「そうかも知れません。しかし、だからと言って無意味だとは言えません。なぜなら、武装論者がいる限りは、非武装論者はいるべきである、からです。一般的論理の問題としてもそれは言えるワケです。正反対のものが存在することは当然であり、少なくともそれだけでもすでに意味はあるワケです。

しかも、問題は切実に生命や安全や生活や全てを直接的に脅かし続ける最も重大なシステムに関してであるワケですから、これ以上有意味なことがらは無い、と私は考えているのです」。

「国家で言えば例えば北朝鮮、個人で言えば例えばビン・ラディン、団体で言えば例えば全米ライフル協会というような団体、しかも善良なる市民の団体ですヨ、そういうような団体も含めて世界にはいろいろな存在があるのですヨ。彼らを説得して武器を棄てさせることができるでしょうか」。〝世界市民ナントカ〟の編集責任者は、落ち着いた自信に満ちた顔だった。

「出来ると思います。分からず屋は死ぬまで分からず屋だとは限りません。善人が死ぬまで善人とは限らないのと同じです」。

「ネェさん、チョットお酒お願いします」。森田氏は意外にも、少し意気負い込んで言った。

信平は黙っていた。得体の知れぬもの悲しさのような感情と空しい気分が混じっていた。

「それで、一応仮りに今までの話は分かったものとしてですヨ。それでどうするのです、プログラムと言うのは。結局、政治団体のようなものをつくって活動しアピールし続けるということにしかなりませんよネ」。

「そのプログラムづくりにアナタ方の知恵が借りられたら、と思っているワケです。私は体力にも時間にも余裕がありませんから、最も効率的、有効な方法というものを模索しているワケです。あくまでも今の段階での個人的な案ですが、強力にメッセージ性のある文言によって人を動かすことは出来ないだろうか、というのが第一の課題です。第二の課題は、その文言つまりキャッチコピーをどのようにどこに向かって発信するするかということです。

これは第三の課題と関連しますのでまとめて言いますが、武器・兵器がゼロになるまでのスケジュール、さっき言いましたが、最も効率的なスケジュールです。これをどう作るか、ということです。今は敢えて伏せておきますが、第一の課題即ちコピーは一応私としてはそのタタキ台を持っています。

第二、第三の課題が分からない。全くの当てずっぽうで言うなら、例えばインターネットを駆使してメッセージを送るとか。あるいは著名な人物何人かが討論会を何回も何回もしてそれをそのまま発信するとか。あるいは世界中の平和研究機関と何らかの連携をするとか……。最終的段階では、国連やユネスコをどこまで動かすことが出来るのかとか、そういったものを探る。——と言ったようなことを全てプログラムにして示す。あ、そうだ、フローチャートという言葉がありましたネ。そうだ、フローチャートだ。先のコピーと一緒に、セットにして示す。そのセットを見た人間が、これなら若しかしたら、と思ってくれたら、これはもう半ば成功と言ってもいい。そのプランというか、フローチャート作りに参加などしてくれて、もっといい案を出すようになってくれたら、これは本当に道半ばに来た、と言えると思っているのです」。

「荒唐無稽な話だとは思わないのですか」。

「大いに思います。しかし先ず、現実の方が荒唐無稽であると考えるべきだと、私は思っています。

　ごく一部の例外を除いて平和を望まない人間はいない。けれども互いに疑心暗鬼になって防備を固める。新兵器開発に得々として邁進する。限りなくそれをエスカレートさせる。宇宙に軍事施設を作る、ということにまでついになってしまった。まるで子供がオモチャで遊ぶように。戦争ゴッコとはよく言ったもんだ。貧困国でさえ莫大な予算をそれにかける。国民を飢えさせておいてだ。言うまでもなく資源の浪費もする。従って自然的・社会的環境の悪化は増幅する。毎日、どこかで戦死者がいる。テロで殺しあう。大昔から今日まで宗教団体でさえ、イヤ彼らこそと言うべきか、武装して殺し合う。普通の市民が自己防衛の為に所持する拳銃で年に何万人かを殺し殺される。殺されないために五才の坊やが銃の扱い方を習っている。というような情況こそ荒唐無稽ではありませんか。文明の発生時から今日ただ今まで防衛の為の論理は少しも変わらない。世界中いたるところに平和研究所があったり、平和学というものがあったりするにも拘わらずです。何を一体、彼らは研究しているのでしょうか。各国の兵器の種類や規模を研究して軍事情報を分析したり、政治的動向の紹介をしたり、見通しを立てたり、それらの内幕に如何に精通しているかを競ったり、と言うだけではありませんか。恒久平和を本気で考えたり、研究したりしているとはとても思えません。ワジワジーして私ごとき個人が世界の荒唐無稽さに立ち向かおうとする時、その何百倍もの荒唐無稽ぶりでなければ私は立っていることさえ出来ないのです」。

「……。八重垣さんの根底には何か、使命感とかあるいは世界に貢献したいという意欲とか、そういうものがあって今のような考えを持つようになられたのですか」。憐れむような表情さえ浮かべて森田氏は言った。

「私にそんな偉そうな考えはありません。私はグータラな人間です。出来れば何もしたくありません。ただ、自分が、と言うことは即ち自分が生まれ育ってきているこの土地がつまり沖縄が、何百年も前から他によって侵され支配され、その延長で今日なお外部によって不当に律せられている、ということが我慢ならないだけです。人間は誰だって他に律せられる側面があるとは言え、その度合いが甚だしく大きいという情況を私は不当だと言っているのです。さっき、ナメられていると言いましたが、つまり、それが我慢ならないということです。その我慢ならない度合いが私は他人よりはるかに大きい、とは思っています」。

「その我慢ならないは〝怒り〟になっているように見えますよネ、信平さん」。

「勿論です。怒ったりするのは血圧に良くないそうですから腹の奥で静かに怒っています。そうすることにしています」。

「国内だけでもそうですが、世界にはいろいろな平和団体や機関などがありますよネ。それらとの連繫・連絡も考えておられるでしょうネ、勿論」。

「当然、視野の中にありますよ。しかし、先程言ったように、時間とエネルギーの問題が私にはあります。そして、基本的なもの足りなさがあって、あんまり積極的になれないのです」。

「どういうことでしょうか」。

「端的に言うとですヨ。例えば、広島・長崎を先頭にした〝反核運動〟というのがありますネ。核兵器廃絶ですネ。それが先ず、基本的に不満ですネ。核兵器は通常兵器の延長なんですから、本気で反核を目指すのなら、〝核〟を入れずに〝兵器廃絶〟でなければならないと思っています。なぜ、もう一歩踏み込めないのでしょうか。〝とりあえず核だけは〟という論法は現実的なようでいて、決してそうではないと思っています。丁度、沖縄の基地だけに限定して反対を言っても何にもならないのに似ています。

また例えば、〝軍縮〟というタイトルのつく組織や雑誌や研究機関もありますが、同じようにそれも不満です。〝縮〟ではなくて〝廃〟になぜならないのでしょうか。これも、とりあえずはとか、先ずはとかいう論理かも知れませんが、現実的に見えてそうではないと思っています。

私の話は飛躍のように聞こえるかも知れませんが、そうではありません。本当に現実的なのは根底そのものに迫ることだと思っています。〝みんな無くせ〟ということです。

なぜなら、たとえば〝必要最少限度〟の自衛力とか言ったって、どこが〝最少限度〟なのか、果てしもない議論になってしまいます。

〝沖縄の負担軽減〟なんて言ったって同しことです。どこまで減らすべきなのか、限りもなく議論することになります。

程度の問題を論じるということは結局、数量的にものごとを限って論じるということになり、数量そのものを巡る論議にしかならないワケで、それは果てしもない論議です。数量は無限ですから——。

ゼロは論議の余地がありません。ゼロはひとつしかありませんから——。

まさに文字通り、オールオアナッシングの選択です。論議をそこに集中すべきである、と私は考えているのです。くり返しますが、程度の問題はキリがありません。

程度の問題という土俵には乗るな、乗せられるな、と言いたいワケです。ゼロか、さもなくば全てか、という土俵を作ろう、と言っているワケです」。

「沖縄の中で、いろいろな平和運動がありますよネ。不満なんですネェ〜」。

「敬意は表します。尊い行動には違いありませんから。しかし、それと有効性ということとは全く別の問題だと思っています。

集会を開く。平和行進をする。輪になって基地をとり囲んでアピールする。毎月とか毎年とか何年に一回とか周期的にとか、まるで法事のようです」。

「ハハハハハ、法事、凄いですネ、信平さん、怒ってますネ、ハハハハハ」。

「フン……」。

森田氏は少し面持ちを直す仕草をしながらこう聞いてきた。

「信平さん、ちょっと聞きにくいことお聞きしますが、さっきの集団自決ですね。あれ本当に軍の命令あったんでしょうか。実際のところはどうなんでしょう。信平さん、信平さんの思うところを正直に仰って下さい。いいえ、勿論ワタシなんか、あったとは思ってますよ。だけど確信は持てないんです」。

信平は努めて静かに、と心しながらタバコをもみ消して答えた。

「フン、あった。間違いなくあった。証拠が必要だと言うのかネ。証拠が今のところ見つからないからという理由で、あれは軍命ではなかった、と言うのかネ。軍命があったという証拠としてなにかその命令書のような文書が必要だとでも言うのかネ。

馬鹿馬鹿しい。いいかげんにせんかい。

多くの島民にあらかじめ手榴弾が渡されていた。いいかね、米軍上陸の前にだよ、たくさん配られていた。生きて辱めを受けるな、とさんざん言われていたワケだ。そのこと自体を否定する者は誰もいないよナ。政府だっていくら何でもそれは否定できないから、その点は認めているよナ。それで十分過ぎるくらい十分じゃないの。

あくまで、証拠としての文書を出して来いと言うのかね。

そんな文書なんか出すワケないだろうが。あんな切羽詰まった情況の中で文書を作るヒマなんかないだろうがッ。

十一万歩譲ってだナ、文書を出したとしてもだナ、そんなのすぐに処分して証拠隠滅するに決まってるだろうが。いいかネ、米軍のスパイだと言って沖縄人を何人も何人も殺してるんだゾ、日本軍は。それくらい狂気に満ちた神経質さでいたんだぞ、日本軍は。万が一命令書出したとしてもだナ、そんなの残すワケがないだろう。ワカったか。それをだヨ君、証拠が無い？　アホかッ。オット、ちょっと興奮してしまった。いいですか。というワケでですね。証拠云々と言うのは完全にナンセンスな話だということが分かったでしょう。

あなたも知ってるように、実際の体験者の証言が次々と出てるでしょう。聞くに耐え難い実に凄惨な情況の証言が彼らの重い口から絞り出すようにして出てくるでしょう」。

「……」。森田氏はゆっくりと答えた。「……そうですね。……十分ですよね」。

「軍命、軍の命令って何なんだヨ。つまり特定の個人や組織が特定の時間に発するものだけが命令なのか？　そうじゃないだろう。そうじゃない命令というのもあるだろう。もっとタチの悪い命令というのが。

国家がだナ、大日本帝国が長きに亘って施してきた軍国主義教育と皇民化教育そのものが個人をその根底でコントロールするまでになっていたワケだろう？　生きて虜囚の辱めを受けるなとか、死して罪過の汚名を残すこと勿れとか、完全に洗脳していたワケだろう？　呪縛していたワケだろう？　誰が命令を発したとか言うような個人の問題なんかどうでもいいんだ。何月何日とか何時とか言うのはどうでもいいんだ。

瞬間的な命令なんかじゃなく、もっとはるかに罪の重い〝長期間にわたる命令〟なんだよッ。

だからだナ、言葉を換えて言うとだナ、その場で命令なんか出す必要もないくらいの徹底した命令だったワケさ。だからこそ、国家の罪は限りなく深い……。全く笑わせるよナ。集団自決で日本軍の関与があったとか無かったとか……。

もっと正確な日本語使って欲しいよネ。

関与？ 何だね、こりゃ。コンニャクと言ってるのと変わらんじゃないか。

〝命令〟以外の言葉は全部不正確だろうがッ。

少しだけ幅を持たせて言うとだナ、命令と恫喝です。恫喝。恫喝の証拠文書なんてあり得ないだろう？」。

「……あり得ませんよネ」。

信平は憐れみさえ感じながら、しばらく森田氏の目を見つめていた。そして、また口を開いた。

「例の教科書検定意見撤回要求の県民大会に集まった人数を巡ってだが……。

どこまでも笑わせてくれるよネ、あなた方の同胞は。

ある大新聞は大真面目に〝十一万人集まったと言われてるが、実際は四万人だった〟とか――。またある大物政治家は〝十一万人集まれば教科書は書き変えられるのか〟とか言ってましたよネ……。

集会に来た人数なんてどうでもいいんです、そんなの。何万人でもいいんです。それよりも文科省の調査官とか国の側の人間の中にたった一人でもいいですから、正直で真摯な人間がたった一人でもいいですから、いて欲しかったですよネ。それだけのことですよ。

くり返しますよ。沖縄側が何万人集まろうと、その万単位の数字の違いでさえどうでもいいんです。僕はたった一人の人間について問題にしてるんですヨ。国の方にたった一人でもまともな人間がいて欲しかったと――」。

「言葉もありませんね。……ヤマトの人間として……。

信平さん、話は変わりますが、例えばこの前のような何万人という集会なんか普天間問題なんかでは、つまり、辺野古海上基地建設反対なんかでは出来ないんでしょうか。ムリなんでしょうか――」。森田氏は思いつめたような目で言った。

「無理だと思いますね。つまりどういうことかと言うと……。

親兄弟を手にかけて殺す。殺し合う、という凡そ考えられないようなことが実際に行われた。日本軍の命令によって行われた。あるいは国家による長きにわたる命令の結果、それが行われた。だから、軍命で若しないとしたら、国命だよナ。国命。にも拘わらず、今になってそれを無かったことにしようと国が目論んだ……。

これに怒らないウチナンチュは一人もいない。腹の底からワジない人間は一人として沖縄人にはいないワケだ。当り前だよナ。ああやって死んでいった人間達だけでなく、現在生きている人間も含めて、それこそ沖縄人というものが全体的・根底的に冒された、と誰もが思ったワケだ。誰もがな。それで一斉反発のエネルギーになった。つまり、冒涜されたというような、何と言うか、情念レベルで沖縄人は完全に一体化できたワケですよ……。当然ですよネ。

だけど、普天間の問題、辺野古の問題となると……、厄介になってくる……。

平和を望まない人間は殆どいない……。

特に沖縄ほど平和志向の強い地域はないだろう……。当然だがな。しかし、ここから先が難しい。――だからこそ私自身の一番のテーマなんですが……。

平和を望むからこそ自衛の為の軍備は必要だという思想・信条をもつ者は沖縄にだって半分以上いるワケです。全国各県と似たような比率でネ……。いや、比率は

……ワカランが。

そういった思想・信条レベルでの分裂というか対立が沖縄内部にも勿論ありますよネ。

それがひとつ。

それからもうひとつ、経済事情というのがある。背後にね。

言わゆる基地経済からの脱却については誰も確かな展望を見い出せずにいるワケですよ……。だからこそ、構造化・肉体化という言い方を私はしてるんですが——。経済的自立の甚だ困難な情況を意図的に国はつくってきた、とも言えるワケです。国にとって沖縄の軍事基地はかけがえのない担保物件ですからね。

基地なしで沖縄に自立されちゃあ困るワケです、国は。どこかの県に新しいオキナワをつくらなければならなくなる——。

というような経済事情を背景にして、国は基地建設の反対給付として〝振興策〟をバラまき続けているワケです。

だからつまり、国の思惑による経済的術策によって恩恵を受ける人々とそうでない人々、あるいは恩恵に浴する人々の間における程度の違い——。

こういう経済的側面によって規定される人々の考え方の相違——。

まとめて言うと、平和志向は共通意志だとしても、それの実現の仕方については大きく分かれる。端的に言うと、日米安保容認派と否定派にネ。もっと言うと、安保容認派でもまた当然割れる。容認はするが、許容範囲の程度において、いろいろ違う。

それから、経済的側面に対する考え方の相違、混迷……。

というようなワケだから、あえて言うと、さっき言った情念レベルの問題と思想レベルの問題というふうに分けられる。と思うワケですネ。――情念レベルでは一体的エネルギーを発揮できても、思想レベルでは、その基本においてすでに不可能である……」。

森田氏は溜息をひとつついてから盃に手を伸ばしながら

「う〜む。それじゃ、琉球独立についてなんてことになると、それこそ千人千様の考えがあるんでしょうねー」。

「独立？　フン、気持ちはいいけどネ、そうなると」。

「とてもじゃないが、それは夢のまた夢、……」。

「飲んでイキまいて、〝独立〟を叫ぶある種の知識人グループがあるようだヨ。それをヤユして誰かが言ったヨ。ウマかったな、あの言い方は――。『居酒屋独立論』だって。ハハハハハ」。

「うわッ。居酒屋独立論。なるほどッ、ハッハッハッハッハッ」。

信平は眉をひそめて見せながら

「我々は笑ってもいいんです、ウチナンチュは。あなた方は笑っちゃいけないんです。ヤマトの人間は……」。

「そうですよネ……いや、そうです」。

森田氏は盃を置くと
「信平さん、さっきの話に戻りますけどネ。教科書の……。沖縄側からの削除撤回要求に対して国側が少し折れて、変な形で収拾を図ろうとしてますね。すると今度は右派勢力が〝検定に対する政治介入〟だと騒いでいる。ファッショだと言ってます。妙なことになってきましたね。それどころか、あの連中は、あの十一万人は本当は一万三千人だったとか……」。

「馬鹿馬鹿しい、フン」と言って信平はタバコに火を点けた。

「僕は最近の右派の連中の動きを見ていると、彼らは世の中に対して少し貢献している面がある、と思ってますよ、フン」。

「どういうことです」。

「つまり、人間の心性というのか、日本人特有の心性なのかよく分かりませんがね……つまりですね。例えば南京大虐殺なんかですヨ、殺された人数は実際には一桁少なかった、という論説があの連中から出てきたワケでしょ。自虐史観だとか言っチャッテ。

こういうふうにして、いくらでもマヤカシの言説というのが横行してゆくのだな、ということがたいへんよく見えてきた。

人間はと言うべきか、日本人はと言うべきか、何とでも言う。どんなマヤカシでも言う、ということを非常に明瞭に分からせてくれた。

そういう意味でネ、彼らの行動は世の中に貢献している……。

つい一週間前の出来事に対してですよ。教科書問題のあの県民大会……。国内の、しかも実況中継されたり録画で何度も流されたりして誰でも見て知っていることに対してですよ、ひと桁違うという言い方が堂々と出てくる。アナタ、況んや何十年も前のしかも遠い大陸の出来事に対してなら、それこそどんなことでも言えるワケです。

いや、本当に彼らはよくやってくれましたよ。そのあたりの事情をまことにワカリ易く全国民に教えてくれた。やったぜ、真新しい教科書ッ」

森田氏は、信平が〝日本人の心性〟という言い方をする度にやや戸惑うような表情を見せながらも、肯きつつ聞いていた。

少し無理して飲んでいる気配が感じられたが、信平は知らぬ顔でまた続けた。

「ここに住んでいるアメリカ人が――僕の唯一の外人の知り合いなんだが――彼がわざわざ電話してきてくれたヨ。元ジャーナリストだからだろうナ、彼は県民大会に行ったそうだ、偉いね。彼がこう言ったヨ。昔、ウッドストックのコンサートに行ったそうだが、あれが十万人なら今度のは二十万人、だって。会場に入れなくて帰った人たちが、むしろ多かったらしいんだよネ」。

森田氏は呆然とした様子だったが、信平はさらに言った。

「大本営というのがありましたよネ。例えば、敵に与えた損害がオーバーに発表される。あのメカニズム見ていると、本当に人間はしようがないと思うよネ。いや、これも日本人特有のものかも知れないが……」。

森田氏は少し怨めし気な目付きになりつつある。信平はかまわず
「あれはいきなり大本営がデッチ上げた数字ではない——というのが大部分だったみたいですよ。つまり例えば、飛行機に乗って出撃してゆく兵隊は日頃から〝油の一滴は血の一滴〟と叩き込まれているから、少しでも多くの戦果を報告したくて、ほんの少しオーバーに報告する。それを受けた上官は、同じ心理でこれまたほんの少し上乗せした数字をその上の者に報告する。その上の者はさらに上の者に対して……という具合いに、大本営に届く頃には一桁くらいオーバーな戦果になっている……」。

森田氏は泣き出しそうな顔さえ見せた。

信平は、ああもう止めたという気分になって
「イヤだね、数字というのは。俺は数字が嫌いでネ。銀行に頭下げてばかりいるからかも知れないが、とに角、数字はイヤだ。人にマヤカシをさせる本質を持ってるナ、

数字というのは。今度の教科書のことなんかで、俺の数字嫌いは決定的になったネ。そこでだ、少し強引に聞こえるかも知れないが、俺の持論に〝ゼロの論理〟というのがあるんだが――これはさっき説明しましたよネ――俺はいよいよその持論に自信持つことが出来たヨ」。

「……ウイッ」。

「あ、そうだ。森田先生、ついでに日米安保について話しましょうか。これも持論の一つですから」。

「ウイッ。まだあるんですか。沢山あるんですネ、ご持論……。ハァ……」。

「日米安保条約を改定する」。

「ゴホッ。何です、またまた、先生ッ」。

「日米に中国を加えて日米中安保条約にする！」。

「ハァハァ……もう結構です、私はもうこれで十分に結構ですから、先生、どうか勘弁して下さい」。

「許さんッ。俺は本気だッ。なぜ中国を加えちゃいかんのかネ、エッ君ッ」。

「だって……」。

「何ッ。だって何だッ」。

「だって、そんなこと出来る訳がないじゃありませんか、誰が考えたって……」。

「誰も考えないから、俺が考えたんだ。何が悪いの、ネエ、何が悪いの？　君」。

「そんなこと仰るのなら、韓国だって、ロシアだって加えよう、なんてことになって、結局、何の意味もなくなるじゃありませんか、日米安保それ自体がー」。

「偉いツ。流石は森田先生。最終的にはそれが目的なんだヨ。日米中安保論議をキッカケにして多国間安保論議を起こす。多重国間による安保条約です。そうなるとだんだんバカバカしくなって、軍備による安全保障なんか、もうやってられない、意味がない、……と世界中が思うようになる……。そうゆうことです！」。

「ワタシ、帰らせて戴きます」と言いながらも、森田氏はもう観念したから何でもどうぞ、という顔になっていた。

そこに、島ダコの酢の物持った女将が入って来た。

「信平さん、血色いいですね」。

森田氏は急に元気をとり戻して
「あ、僕、島ダコ大好きなんですよ」。

あらそうでしたか、とにべもなく彼女は答えて「信平さん、ヤシガニありますヨ。焼きましょうね」と言った。

「ヤシガニ？　僕ははじめてだなあ」と森田氏が言い終わらないうちに彼女は出て行った。

「ほとんど僕だけが喋ってますネ。まるでインタビューみたい。先生、何か話して下さいヨ」。

信平は自分の盃に酒を注ぎながら言った。相手に注ぐことはしない。酒は手酌、が彼の流儀である。

「イエイエ、アタシなんか」。森田氏は今度は急に態度が幇間みたいになってきた。

「八重垣先生、信平センセ。お酒お強いですネ、ハア～。え～と、憲法についてはどうなんです？　日本国ケンポ。信平さん流に言えば、先程の他律性という点から言えば、ご不満なんじゃありません？　与えられた、押しつけられちゃった――」。

「どっちでもいいんです。内容が良ければ。与えられようが、押しつけられようが。だってそれ以上のものをつくる能力が無かったワケでしょう、日本は。そんなこと言えば、開国は言うまでもなく、明治維新だって外から押しつけられなければ出来なかったワケでしょ、基本的には……。

どっちでもいいんです。それから、他律性ということで言えばですネ。他律性そのものが悪い、と言ってるワケではありません。他に律せられたって、中味が良ければ楽でいいではありませんか。髪結いの亭主みたいなもんです」。

「髪結いの亭主ッ」。森田氏は頓狂な声を上げた。「信平さん、相当廻ってきましたネ、お酒。あ、何だか色っぽくなってきちゃってますヨ、センセ。はア、髪結いの亭主……」。

「亭主と髪結いの女房と、どっちがどっちを律しているか、どうでもいいことでしョ。二人とも喜々としていられれば、理想的です。アコガレです」。

「ハハハハハ、はあ、楽しくなっちゃいますネ。オット、センセはご自分でお注ぎになられるんでしたよネ。まあ、ご立派なお顔色」。

「フン」。

「するてぇと、勿論のことつまりキョーレツな護憲派ってことですよネ。今さらアタシが言うまでもないことではざんすが」。

「違います。違う！」。

「アラ、また、これは何とおっしゃるのやら」。

「改現派です。あ、派ではないナ。改現者」。

「カイゲンとはまた、何でざんしょ」。

「現実を改めるべきです。憲法を現実に合わせて改変しようなんてのは先ず論外、とんでもない。現実追随ならアホでも出来る。

同時にまた、無茶苦茶にいじくり廻されている憲法を守れ、などと言うのも気に食わん。

いじくられそのものの状態を守れ、ということになるではないか。そうじゃないだろうが。大体、守るとか守れとかいうのは一種の傲慢だよナ。強者の言うセリフだゾ。弱者が何を守れると言うのかネ。つつましくだナ、敬虔にだナ、従うと言えばいいんだ、従うとネ。弱者らしくてピッタリじゃないか。

憲法が立派だと思うのなら、それに従いましょう、と言えばいいじゃないか。従憲だナつまり。しかし、これも志が低くて面白くないネ。

いいかネ。理想主義的過ぎるとか言うけどネ、理想主義的過ぎて何が悪いのかネ。あくなき理想追求のだナ、どこが一体悪いのかネ。

誰が見たって、憲法前文やら九条は立派だろうが。だったらだナ、それに逆らうようなことばっかりやってる現実の方こそ改めるべきじゃないのかネ。憲法に合わせるべく、間違ってました、お許し下さい、生まれ変わってご覧に入れます、たたいて下さい、ぶって下さい、と言ってだナ、現実をこそ改めなきゃあならんだろうが！

改現派だと言うんだヨ、だから俺は。オット違った、今のところはまだ俺一人だから、改現者だったよなア」。

「でもしかし、あなた、ほれセンセ。ああますます酔ってらっしゃっちゃってからに。でもセンセ。信平センセったら。でも、どうなんざんしょ。やっぱし、攻め込まれたら、身を守る権利は誰にでもあるんじゃありません？　貞操を、あ違った、アタシも酔っちゃってる。自分の身を守る権利くらいは誰にだってあるはずじゃありません？」。

「誰が無いと言った！　権利があるとかないとか言ったたって、攻められたら、守るに決まってるじゃないか！このボケ。いいかネ、ワシはだナ……、その守り方について言っているワケなんだヨ、守り方！　道具なしに守りましょと言っとるんだヨ。素手でだナ、お互いにだヨ、お互いに、守るも攻めるも素手でやろうじゃないかと言っとるんだヨ、素手で！　丸腰で！

　そうなったらだナ、それこそこっちの方が強いゾ。ワシは空手の達人とまでは言わんが、心得はあるからナ、心得は。ウチナンチュならみんなあるゾ、空手のたしなみは！　伝七だってあるんだゾ！　伝七だって！　どうだッ参ったか、この野郎！」。

「ステキ、センセ！　守るも攻めるも素手で丸腰で丸裸で……キャッ」。

月桃

志村から電話が来た。沖縄に行けなくなった、と言うのだが、その理由が信平をひどく驚かせた。肺癌が再発した、と言うのだった。知らなかった。二度会ったのに、おくびにも出さなかった。前に一度手術していた、と言うのである。そう言えば、彼はタバコを止めていた。今では当たり前だから気にもしなかった。

会ったのは二回とも〝夜桜〟のあの小上がりの小部屋だった。信平は普段通りにタバコを吸っていた。少しは関係があるのかも知れない、と悔やまれた。言ってくれればいいのに、と思った。何十年という時間は、やはり人を遠慮させるものなのか。それが、やり切れなかった。

力になれなくて済まん、と志村は何度も言った。

久し振りにジンブン出したろと思ったがナ、とも言った。返事が出来なかった。つらかった。

やっとの思いで、「何言ってるんだ、あんなのどうでもいいんだ、ほんの冗談だ」と言うと、今度は志村が詰まってしまった。

少し間があって彼は「イヤ、大したことないヨ。俺は不死身だからネ」と言った。学生の頃、信平がよく使ったセリフだった。

手術が済んだらちょっと長い手紙書くよ、と最後に彼は言った。

ベランダに出て腰かけた。虎頭山に建つマンションの五階である。東の空に月が出ていた。綺麗な弓張り月だった。弦を西に向けて地上に対して垂直にかかっていた。魅入られたように月を見ていた。

それから目を下ろすと、隣の家の石垣の辺りに目が止まった。冴え冴えとした月の光のその薄明かりの下、ひとかたまりの月桃の葉むらが黒々と静まっていた。そしてそのうちの何枚かの葉は鋭い先を持つ楕円形の姿を、くっきりと、青い闇の中に立たせていた。

ふと気が付くと、三十ばかりもあろうかと思えるほどに垂れ下がったほのかに白い円錐形の花房が、冷たくぼおと浮かんで見えた。

「志村死ぬナ。死ぬナ志村」と何度もつぶやいた。

その時、遠くから小さく、虫の鳴く音が聞こえてきた。まるで読経の終わりに打つ鉦の音のように信平には聞こえた。り～ん、り～ん。幽かに怨みのこもったような、全身にしみ渡るような音だった。

鈴虫を飼ったことがありますか。はるか昔の罪を責められているように彼は思った。その思いを打ち消すかのように、志村死ぬな、と今度は強く声に出して言った。

フローチャート

フローチャートを描くことが出来ない。

信平は長い間その地点に立ち止まっていた。

志村の異才に期待したのだが、それどころではなくなってしまった。

志村は治るだろうか。二十年ほど前のことだが、自分は手すさびに書いてみた掌編小説らしきものの中で、一度志村を殺している。死ぬ人物をなぜ志村にしたのだろうか。


自分にとって最も存在感のある人間だったからだろうか。そしてそれにもかかわらず永い間音信不通だったことが或る感情となり、そうさせたのだろうか。

「シャコンヌ」と名付けたあの習作を、四十年ぶりに会った時、彼に見せれば良かったのかも知れない。第一に、厄払いになったかも知れないからである。第二に、彼らしい痛烈な批評を聞いておくのは勉強になったかも知れないからである。上井草の頃、暇に任せて書いた我ながらヘンテコな掌編「暦売り」を「ダメ、ダメ。もっとハードボイルドタッチでなきゃあ」と言われたように。――それにしても「暦売り」と「シャコンヌ」、まるで進歩がない。二十年くらいの時間は経っていただろうに。

それとも、遠慮が邪魔するようになっていて痛烈な批評などせずに、さし障りのないことを彼は言ったのだろうか。だとしたら淋しい話だ。いや、それは自分の身勝手に過ぎると言うべきである。自分は知らなかったのだが、志村は一度肺癌の手術を受けていた訳だから、あれを読むと全く違う感情を味わうことになったに違いないのだ。〝厄払い〟など帳消しされてなおマイナスだったに違いないのだ。

那覇で二度会ったのだが、思い出してみると、互いの家族のことはみごとなまでに一切しなかった。旧友に会うというのは普通そういうものなのだろうか。志村と自分は一瞬のうちに学生のまま、あるいはそれのほんの延長の状態になってしまい、その背後の家族のことなどまるで関心外のことだったのである。自分は仕事の話が嫌いだから、そのあたりはごく簡単に済ませてしまったに決まっている。また志村は卒業以来旧友らとの交際は全くないと言っていたから、その辺の話もしていない。

だとしたら、あれほど楽しく話をしたその内容はどんなものだったのか、今はよく思い出せないでいる。多分、一度目の時は、どんなものを読んできたかということが中心だったのだろう。志村の軽妙にして辛辣な所感が聞きたくて、自分の方が次々と書名を挙げていったような気がする。もっと言えば、自分の読書歴を自慢して、学生の頃との対比をして貰いたかっただけだったのかも知れないのだ。二度めの時は、少なくとも後半になってからは例の相談、フレーズとプランについてのことだったのを忘れるワケはないが――。

つまり、二度とも自分の方が話題を次ぎ々ぎと出していって、それに終止したことになる。

少し気遣いが足りなかったかも知れない。

自分の関心事を中心にし過ぎたことがいささか悔やまれた。その上、三度目の来島を心待ちにしていたのだ。あくまで自分のテーマのために。

しかも、自分と志村のポジショニングが入れ替わった、などと甚だしい思い上がりまでしていたとは……。

病気でさえなかったら、志村は昔のままの志村であったに違いないのだ……。

志村は仮りに首尾よく回復したとしても、またここに来てこのような自分と付き合う気になるだろうか。これまで殆ど考えなかったことだが、いくら志村だからと言っても、他人にとっては自分のテーマなどあまりに現実離れした虚妄に過ぎないかも知れないではないか。自分一人は一所懸命になっているつもりだが、若しかしたら、自分はその誇大な空想の中に入り込むことによって、現実の煩瑣と難儀からの逃亡を目論んでいるだけのことなのかも知れないのだ。還暦を迎えて、相変わらず地に足の着かない書生論議、いやそれ以下のことに迷走しているひたすら滑稽な人間なのかも知れないのだ。志村に僻易されたとしても、仕方ないことだ。そんなことより、もう会いに来てくれなくてもいいから、とに角回復してくれと心から思う。

他人を巻き込むのは止そう……。しかし巻き込まずに済むほどの能力はとてもない。だとしたら、能力がない以上、迷妄を去って、たとえば辺野古の浜辺に座り続ける真摯で強靭な人々の群の中に入って、そのささやかな一助ともなることの方がはるかに有意義ではないか。それも出来ない。自分の惰弱さがとてもそれを可能にはしない。あるいはまた、自分の性急さが言わば生理として、あのような粘り強い抵抗や闘争をもっと正当に評価することを妨げてもいるのだろう。彼らを座り続けさせる者らに対する痛憤は人一倍激しく持っているとしてもだ——。いや、持っているだけに——。

自分の痛憤、怒りはこの島々の辿ってきた歴史と現在に対して、つまりその総量に対して向けられている。その総量清算のためのささやかな企図として、自分は自分に見合ったやり方を探っているのだ。それがどんなに迷妄であってもだ。度外れた蟷螂の斧であるとしてもだ。

インターネット

大城さんに相談してみようかと、信平はチラリと思ったが、すぐに止めることにした。

学生の頃、信平に最も影響を与えた先輩は大城さんだった。首里の出で、高級士族の末裔らしい矜持をいつも静かに湛えていた。

同じ学科の誼ということもあったのだろう、信平を特に可愛がってくれていた。年は四つ上だった。石垣の人間は本島とは違う独特の感覚を持っていると言い、それを過剰に買ってくれてもいた。

丸山真男を読めと、入学早々に言われたが、実際に読んだのは大分後になってからだった。大城さんは思考と論理の独創性といったようなものを非常に大事にしていて、それを熱心に語ってくれた。

卒業後も偶に会って飲んだりしたが、県の役人としての事情が少しづつ彼を変えてゆくのが信平にはハッキリと感じられていた。常識的で保守的になってゆくのが言葉の端々から読み取れるのだった。

しかし、さすが大城さん、と感心したのはナナサンマル、沖縄の交通方法変更の時のことだった。反対運動をする上で何かヒントになるようなことはないだろうかと、県庁を訪ねたのだ。

信平の話を黙って聞いていた大城さんは、やがて意外なことを真剣な面ざしで言ったのだ。恥ずかしい、大変恥ずかしい。交通方法の変更は日本復帰に伴う至極当然な事業だと思い込み過ぎていた。疑ってみることを露ほどもしなかった。いや、信平、お前の言う通りだ。何も強いて沖縄を変えることはない。この際、日本を欧米並みに変えることこそ本筋だ。管轄が違うからと、少しも考えたことはなかった。お前に教えられた。疑問を少しでも感じなかった自分が本当に恥ずかしい。

恥ずかしい、を何度もくり返した。そして「チョット待っててくれ」と言って席を立ったが数分後に帰って来た。分厚い本を何冊か持っていた。国際法規集だった。そして、交通に関する国際条約のところをパッと広げて見せて、「ホラ、こうあるよ。お前の言う通り、例外条項もあるヨ。一国二制度でもいいワケだ。イヤ、しまった。

もっと早くに勉強しとくんだった。イヤ、これからでも何とかなるかも知らんよナ」。

信平はただ何となく理屈だけで反対論を構成していたのだが、大城さんの対応は迅速だった。直ちに法令・条文に当たるというその行動自体が信平を感心させたのだった。

県の連中でもこんなの読んでみた奴は恐らくいないだろう、とも大城さんは言った。事業は、それほど自明の前提とされていたのだった。

大城さんはかなりの若さで部長になった。頭脳と人柄で当然だ、と信平は思っていた。

そしていつしか中道系政党に属する国会議員になっていた。

よく思い出せないのだが、多分、新基地建設と引き換えによる振興策を巡ってのことだったと思うのだが、信平をひどくがっかりさせたことがあった。忙しい日程を割いて会ってくれて、信平の説に大いに賛同してくれたものの、彼はアッサリとこう言ったのだった。

「だけど、後援会が何と言うかなあ」。

このひと言はずっと忘れずに信平の頭の中に残っている。

——こんな大それたことで大城さんに会って何かヒントをなどと、途方もなく馬鹿げた話だ——。

インターネットを使ってみようか、と信平は思った。彼は機械器具電気一切音痴である。そのくせ、ただ義理だけのために、電気関係の仕事をしている。

ワープロ、パソコン、ケータイさえ縁がない。だから、インターネットというものの威力も知らないし、その欠点も知らない。けれども何だか凄い機能を持っているらしい。それに少し期待をかけてみようかと思った。

とも角、国内外の不特定多数に向かって発信してみよう。どのような反応があるのか見当もつかない。しかし、やってみるしか今は手がない。発信文の作成が問題だ。簡略で、しかも、アピール力のあるものでなければならない。文案を練りに練る必要があった。

要点は二つ。一つは、自分の作ったフレーズを出来るだけ多くの外国語に翻訳して貰うこと。二つ目は、そのフレーズを核として目標達成までのフローチャートを考えて貰うこと。

欲を言えば、自分の日本語によるフレーズももっと出来のいいものにして貰いたい、と思う。

短く、くだ。しかし、削り過ぎると意図が伝わらないのではないか。原案をあらためて眺めてみた。

〝人類の間の争いごとを無くすことは不可能である。なぜなら、それは精神の所産だからだ。

しかし、その争いに用いられる武器・兵器を無くすことは可能である。なぜなら、それは「物」だからだ。〟

どうもパッとしない。平凡に見える。しかしそういう文章や考えを見たり聞いたりしたことはない。あるいはとうの昔にあるのかも知れない。それを知らないのは自分の無知のせいだけなのかも知れない。あるいはまた、あまりの平凡さのせいで誰も相手にしなかったから、なのかも知れない。

しかし、自分にはこれ以上のものを創り出すことは出来ない。だから、応援を求めているのである。あるいは若しかして、本当に若しかして、あの平凡さはコロンブスの卵的平凡さだったりして……。思考が行ったり来たりした。ある点を中心とした円周上を空しく廻っているようだった。

信平は自分を納得させて行動に移すためにいろいろと考えてみたが、新しい地点に到達することはとても出来なかった。

だから結局、これまで考えてきたことを実際に試みる他方法はなかったのである。

インターネットで発信してみよう。反応があれば有難い。それが多ければ多いほど有難い。翻訳については、ある程度は期待できそうである。しかし、フローチャートとなると難しいだろう。武器・兵器がゼロになる日までの行動計画と言うか里程表と言うかプランと言うか、プログラムと言うか……。第一本気で考えてくれる者がそうそうあるとは思えない。けれども、何人かの者が真面目に取り組んでくれて、案を出してくれたら幸いだ。

それを巡って多くの人間が知恵を出し合ったりするようになれば、それでもう十分だと満足すべきかも知れない。そこまで行けるだろうか。やってみるしかない。そうこうしている間に、思いもしなかったヒントに巡り合うことが出来るかも知れないではないか。それよりも何よりも、その過程そのものがフローチャートの一環、一歩だとも言えるのではないか。

すると、フローチャートの最も素朴なモデルは、と言っても相当に幻想的メイモウ的ではあるが――。

・インターネットで翻訳とアイディアを募る。

・国内外からの反応がある。
・多方向的にそれらが交差し応酬がある。
・内容が洗練され、昇華されてゆく。
・過熱気味となる。
・マスコミにコンタクトとる。
・マスメディアがとり上げるまでになる。
・国内的政治的話題あるいは課題となる。
・国際的政治的話題あるいは課題となる。
・よくは知らないが、何らかの国際的機関が……

凧

高校の三期先輩石川氏の携帯に電話を入れた。五月の中旬、久しぶりに晴れ渡った気持ちのいい午後だった。

「信平さんヨ、お元気なんですか」。

政治家らしい元気な明るい声だった。革新系無所属の県会議員だが、反戦運動のトップリーダーでもあった。

「そろそろ嘉手納包囲の頃でしょう?」。

「あ、取り組みについてですか。何とかやってますヨ」。政治家らしい早トチリだった。

「いえネ。チョット提案があってですネ。え〜と、いつでしたっけ、包囲は」。

「明後日《あさって》ですヨ、明後日。ハアもう大変ですヨ」。

「あ、何だ、明後日だったんですか。早いんですネ。もっとあとの方かと思ってました」。

「ん? 信平さん、何ですか、提案ってのは」。

話そうか、どうしたものか少し考えてから、

「いや、もっと早くに言うべきでしたネ。いや、まだ間に合うかも知れない」。

「何なんですか。言ってよ。信平さん」。

「あのタコをですネ、タコ、凧揚げの凧。それをネ、みんなで嘉手納の真中に向かって飛ばしたらどうか、と思ったんですヨ」。

「エ、タコ、へえ〜。凧」。

「そうです。折角、ぐるっと取り囲むんでしょ、嘉手納基地全体を。それだけじゃ、ちょっと勿体ないから、と思いましてネ。だけど時間がないかも……」。

「へえ〜凧……。信平さん、面白いんじゃない? ん〜。だけど時間が無いか、時間

が。もっと早く言ってくれれば良かったのに」。

「そうなんですよネ。もう少し早く言えば良かったなあ。……でも考えようですヨ。今日、明日あるワケでしょう。何とかなるんじゃないですか」。

「そうだなあ、何とかなるかなあ。……！　いや面白いですヨ、信平さん……。何とかなるかも知れない……」。

「風向きというのがあるワケですから、どの方向に飛ぶかワカりませんけどネ。全方位ですからね。何割りかは飛ぶワケですよネ、何割りかは……」。

「四分の一は飛びますヨ、四分の一。大きいですヨ、四分の一だって。う～ん、面白いなあ。う～ん」。

「うまくいくとですネ、飛行機の離発着を邪魔してくれるかも知れませんヨ。何しろ数が数ですからネ」。

「アッ、そうですよネ。その可能性十分ありますヨ。ワァー」。

「それでネ、思い切りアイディア凝らしてですネ、メッセージ入れるんですヨ、メッセージ。英文でネ。いや、英文だけじゃなく、もっとネ、何ケ国語で」。

「ああ、なるほどネ。メッセージ入れてネ」。

「そしてネ、最後は手元で糸を切るんですよ。すると、基地の真中に向かって落ちていく。何千という凧がメッセージ運んで落ちていく」。

「ワアー、信平さん、やりますヨ。やりましょう！」。

「大至急で打ち合わせして、指令出して下さいヨ。いや、面白いと思いますヨ。ただ取り囲むんじゃなくてネ」。

「あ、これからすぐあちこち電話入れますから……信平さん、どうもありがとうネ。ワアー」。

まあ、少しお手並み拝見してみよう。信平はタバコに火を点けた。——簡単なことなんだがなあ。二日あれば十分だ。

凧ぐらい誰でも作れるだろう。自分は別だけど。

自分は子供の頃、最も簡単な、竹ひごが二本だけの凧——カーブヤーと言ってた——それさえ作れなかったんだからナ。竹を上手く割くことが出来ない。薄く削ることが出来ない。

紙を貼るのはさらに出来ない。一番難しいのは、バランスよく凧ひも結び付けることだったナ。誰も見てない所で、こっそりと作ってみて飛ばそうとしたのだが、くるくると廻ってストンと落ちるばかりだったナ。

凧を初めてうまく揚げたのは子供ができてからだったナ。年子の男の子二人。七・

三・〇の頃だったナ。買って来たヤツを思い切り飛ばせてみせたのだったナ。ハンビー飛行場が返還されてしばらくの間開放されていたあの場所だったナ。子供二人を車に乗せて、窓からその凧を少し出して、上の子に糸を持たせて発進するとワケもなく揚がったのだったナ。調子にのってスピードを上げて糸をどんどんどこまでも伸ばしたのだよネ。

バカデカイ原っぱだったから、そして誰もいない所だったから、運転に注意払う必要なんかパーフェクトに無かったんだからネ。右だろうが、左だろうが、交通方法なんか完ペキにナンセンスなんだからネ。無茶苦茶に車走らせたんだよネ。前後左右なんて全く関係ないんだもんネ。バックミラーなんか何の意味もないんだからネ。方向感覚なんて言葉、アホみたいなことなんだからネ。

素晴らしい開放感と達成感だったナ、あれは。凧は遠くまで高く〳〵揚がったんだからネ。

上の子がワァと言ったナ。下の子は〝お父さんッ〟と何度も言ったナ。子供をあんなに喜ばせたことは自分にはないナ。

嘉手納基地の全体を、手をつないで取り囲もうという企てが初めて実行されたのは十年くらい前だった。〝人間の鎖〟というネーミングだった。先例が外国のどこかにあると聞いた時、信平は少し残念に思った。――やはりオリジナルではなかったのだ。それに参加しようとはさらさら思わなかったが、成功して欲しいとは思っていた。何万人かが必要とされていたから、宣伝活動も相当なものだった。当日、朝から稀に見る豪雨となった。失敗か、と少し同情した。

夕方、テレビのニュースを見て驚いた。そして嬉しくもなった。ドシャ振りでは人が集まらないと思った大勢の市民達が、何とか成功させたいと、家族連れなどで却って予想以上に参加したのだった。沖縄人らしい美談だと思った。

そして、明後日の日曜日は何回目かのそれだった。そう言えば、思い出した。今度の〝鎖〟には岸本とマダム葉子も行くと言っていたのだ。

例によって「信平さんもご一緒しません?」と型通りの誘い方をされたのだった。〝誰が行くもんか、第一、俺は邪魔だろうが〟と言いたかったのを我慢して、「フン」とだけ答えておいたのだった。

ただ、焙ったカラスミをほぐして中に入れたおにぎり持って行く、と言った彼女の言葉に一瞬だけ心が動いたのを憶えている。

カラスミのおにぎり。罰当りな者どもだ。諫早の海苔で、とも言ってたな。海苔は食べる直前にパリパリのやつを巻くのではなく、はじめから巻いておくのがいい、とも言ってたな。その方が熟《な》れて香ばしく美味しい、とも言ったよな。なにしろ長崎だもんネ、葉子さん。食材に恵まれてるよネ。手料理上手かも知れないよネ。声いいんだもんネ。小津安二郎に出てくる女みたいなチョット泣かせるような声してるんだもんネ。

あの二人は今に結婚するだろう、と信平は思っている。互いに離婚暦のある一人者同士だし、年もほとんど一緒で、似合いと言えば似合いなのだ。新所帯を持って、毎日駄句を披露し合うのだろうか。

岸本先生、上出来じゃないか。いいと思うヨ。〝鎖〟でいよいよ固く結ばれるんだもんネ。

日曜日の夕方が楽しみになった。テレビはどんな結果を伝えるのだろうか。石川さんはやってくれたのだろうか。それとも、凧はひとつも揚がらないのだろうか。あるいは、幾つか揚がるのだろうか。いや、数えられるくらいなら却って悲惨だ。空を覆うほどの凧を見たい。

いつか首里城の上を飛ばしていたほどの名人上手がたくさんいてくれないだろうか。千人くらい居てくれないだろうか。

空一杯に広がる凧を高く低く操って、旋回させたり急降下させたり急上昇させたりして、嘉手納基地をなぶり尽くしてくれないだろうか。数時間、いや数十分でいいから、この極東最大と言われる軍事基地を侵食し、蹂躙し、翻弄し、最後にひと言ゴメンナサイネと言ってくれないだろうか。

人類の間に起こる争いごとを無くすことは不可能である。なぜなら、それが人間だからだ。

しかし、争いごとに用いられる武器・兵器を無くすことは可能である。なぜなら、それは〝物〟だからだ。

Khong the tieu diet duoc nhung tranh chap do nhan loai gay ra. Boi vi do la "can nguol".

The nhung se co the mat het duoc vu khi cung nhu binh khi duog su dung tranh chap
Boi vi do la “vat the” (ベトナム語)

ぴぅとぅにんぎん　ぬ　みー　なんが　うくりぅ　あいっかー
ふいっかー　ゆ　ぐしぅて　ねーん　なしぅんで　あんく　くとー
いっか　ならるぬ。
のーで　あんくっかー　うりどぅ　ぴぅとぅにんぎん　やりき。
やそんが　うぬ　あいっかー　ふいっか　んがり　ちぅかぅ　ゆん
いやー　かたな　なーだ　ゆ　ねーん　なしう　くとぅ　なるん
のーで　あんくっかー　うれー　むぬ　どぅ　やりぅ　ゆんから。（八重山語）

“Impossible de mettre un terme aux conflits qui se peretuent dans iespece humaine.
Car il s'agit d'etre humain.
Possibie par contre d'éradiquer les armes et engins de guere utilises pour les conflits.

Car il s'agit de matériaux.”（フランス語）

我們無法避免人類之間的鬥爭、因為這就是人類。
但我們可以放棄武器、因為武器是物質。（中国語）

We cannot avoid conflicts between people, because this is being human. However, we can relinquish weapons, because they are substances.（英語）

バスク語他割愛

（了）

解説

八重　洋一郎

この作品に接する読者は最初、少しとまどうだろう。あまりにもイメージが多く、どれがその本筋か分からなくなってしまう。普通の小説ではその五分の一程度の話題で一篇を仕上げるのではないか。議論が多く、かつその主張が強すぎ、読者は固い緊張に襲われる嫌いがある。さらに文章や出来事の間に伏線を埋めて、それが紆余曲折を経て次第に明らかになっていくという、小説文芸特有の作業があまり行なわれておらず、読者の楽しみが少い。もう一言つけ加えると、主人公像が直接的な、言わば生《なま》の形で出てしまっている。

小説では普通一人の主人公を設定すると、その主人公をある環境へ投げ入れ、その主人公が周囲のもろもろにどのように反応するか、その反応を記述することによって、主人公の性格なり思想なり、その小説の主張なりを、間接的に表現する。登場人物たちの様々な関係や出来事など、いわゆる「あらすじ」をたっぷり仕込み、読者はそれを楽しみつつ、著者の主張へ接近していくのであり、その接近していく過程が読書の意義なのである。そのような配慮がこの作品には一切見られない。ひとつひとつのエピソードは優れた文体によって綴られているが、極端に言えば、これは小説ではなく気儘なエッセイの堆積にすぎないとさえ思われるのである。

ところが、今、評者が指摘した欠点（？）はそのまま長所として考えることもできる。イメージが多く、それをぶっちぎりに次から次へと出してくるというのは著者の豊かさであり、その性格をも表している。議論が多いということは、これだけは言いたいという明確な主張が著者の中で繰り返し繰り返し練られてきたことを意味する。また伏線を埋め込みそれを解決するという筋運びで時間を稼ぐ（？）方法はあくまで小説特有のものであって、同じ言語芸術と言っても「詩」はそんなことは全く考えない。俳句などはたった十七文字で勝負するのである。

また逆に主人公が自らの所懐を延延と述べるのは、例えばトルストイの「戦争と平和」やドストエフスキーの諸作品で実に素晴らしい効果をあげている。

従って「この作品」をどのように捉えるかが問題であり、その捉え方から評価が定まってくると思われるが、評者としては、この作品を「新しい小説」と銘打って全面的に肯定し、以下その所以《ゆえん》を縷縷《るる》述べてみたい。

まずこの作品には時間感覚が著しく長い、という第一特徴がある。まるで著者の一生について語られているような印象を受ける。次に、その文体の鋭さ、自在さが見事である。第三に、論理の緻密さ、徹底さ。第四に作品を肉付けするための巷《ちまた》の観察及びその表現。そして第五に、それこそこの作品の主題である着想の気鋭さ、斬新さ。

さてこの作品は主人公の奔放な学生時代の描写から始まるが、それがあまりにも「人を食って」いるので、これが沖縄出身の学生かと、思わず新鮮な驚きにおそわれ、愉快になってしまう。しかし一見、気楽な文章の奥には、そもそものこの作品の初発の主題が語られているのだ。あの時代、沖縄においてしばしば見られた精神の病いの罹患者とその自宅監禁の現実である。

ある兄妹がいて、その妹は夫が戦死した後、発狂してしまう。そのめんどうを見ていた兄がある時から酔っぱらって時々妹の名を繰り返し「ヒデ、死ね、早く死ね、キチガイ、死ね」と叫ぶようになる。そのような凄惨な場面の後に次の文が綴られている。少し長いが引用する。

その小屋は石垣を隔てて自分の家の居間に近い所だったから、食事や団欒中の我が家の者は皆聞こえぬふりをして、その恐ろしい時間が一刻も早く過ぎ去るように思っているばかりだった。

自分は子供の頃、あれ程つらく悲しい思いをしたことはない。

戦争というものを憎悪する気持ちは、その頃に生じたのだと思う。

長じて、それこそ夥しい体験談を聞いたり、あるいは書物によって知ったりするほどに、その気持ちは情念と言えるものになっていった。そして、戦争に対して自分はせめて何事かの試みをしないでは済まされない、と思うようになっていった。何事かの試み——それが何であるのか自分でも分からない。ただ、自分の抱いている情念の激しさは、それに見合うほどの常識外れのことを模索しているのだろうとは言える、と思う。

このような思いを胸中に秘めながら、外見は明るく生活していたのであった。

やがて主人公は地元の高校を卒業し、早稲田へ進学。たわいもない数々のエピソードを重ねながら奔放な青春彷徨を続ける。もっとも、無意識ではあったにせよ、あの激しい情念が、彼に世間並みの考え方や生き方を禁じていたとも言える。

彼はなんとなく大学時代を終了し郷里、沖縄へ帰ることになるが、その際、この四年間で奇妙にウマが合った、最優秀学生、志村との思い出を語りながら、その志村を最大に評価しつつ、つまり彼への信頼が大きくなるのを覚えつつ、第一部「上井草《かみいぐさ》の月」が了る。

この四年間という時間の中で、主人公は突拍子もない行動を敢行し、様々な人物と出会うのであるが、ある時、若者特有の、傲慢さと露悪趣味から、つい下宿の隣室の住人宛てのガールフレンドからの手紙を開封してしまう。「やがて五十年前にもなろうとする学生の時のあの瞬間の、めまいを覚えたほどのあの瞬間の自分の心持ちを、僕ははっきりと思いだすことができる。鈴虫を飼ったことがありますか。手紙の第一行目にこう書いてあったのだ。この一行を、僕は死ぬまで覚えているに違いない」。青春とは残酷なものである。

第二部「虎頭《とらず》山の月」は、あのナナサンマル（沖縄の日本復帰を機に、「人は左、車は右」から逆に「人は右、車は左」、と交通体系が大きく変わったこと）についての思い出から始まる。

主人公は、今やなんとなく就職した小さな電気設備会社を勤めあげ、社長までさせられて、現実経験を味わってきた前期老人（?）となっている。そして全く平凡な舞台で―その多くは割烹の小部屋、そして小道具は彼がこれまで仕込んできた数々の料理についてのウンチクであるが―主人公の積年の思いが語られる。それは歴史や政治や経済、文化、社会通念等々についての鋭い皮肉、更には酒や料理への賛歌であり、それが見事な文体で綴られているので読者は心地よい思いでついつい熱を上げて熟読してしまう。ある命題が提出されると必ずそれを相対化する視点が著者の長年の経験から編み出され、つまり返し縫いの技法が丹念に施こされ、いつまでも飽きることがない。それにしても著者の雑学の豊富さよ。それによって話題は盛り上るのである。

これらの優れた多くの議論のうちで、評者は特に次の二つに魅かれた。

一つはやはり沖縄の基地問題その他についての、友人志村との議論だ。「本気で沖縄の基地を無くそうと考えたらナ、結局、全世界の軍事基地を無くせ、という結論にならざるを得ない」。それは主人公の初発と将来の行動を暗示している。「自分の生まれ育った所が他に比べて圧倒的に不当なポジションにある、ということが堪え難いからだ…」。読者よ、主人公のこの長広舌を熟読されよ！

二つ目は集団自決についての森田教授との対話。「…証拠が必要だと言うのかネ。証拠が今のところ見つからないからという理由で、あれは軍命ではなかった、と言うのかネ…」「…国家がだナ、大日本帝国が長きに亘って施してきた軍国主義教育と皇民化教育そのものが個人をその根底でコントロールするまでになっていたワケだろう？…」「…瞬間的な命令なんかじゃなく、もっとはるかに罪の重い〝長期間にわたる命令〟なんだよッ。…」「…命令と恫喝です。恫喝。恫喝の証拠文書なんてあり得ないだろう？…」

読者よ、主人公のこの長広舌を熟読されよ！

ある時、志村から肺癌が再発したとの電話が入る。

力になれなくて済まん、と志村は何度も言った。

久し振りにジンブン出したろと思ったがナ、とも言った。…

…手術が済んだらちょっと長い手紙書くよ、と最後に彼は言った。…

…ふと気がつくと、…「志村死ぬナ。死ぬナ志村」と何度もつぶやいた。

その時、遠くから小さく、虫の鳴く音が聞こえてきた。まるで読経の終わりに打つ鉦の音のように信平には聞こえた。り〜ん、り〜ん。幽かに怨みのこもったような、全身にしみ渡るような音だった。

鈴虫を飼ったことがありますか。はるか昔の罪を責められているように彼は思った。その思いを打ち消すかのように、志村死ぬな、と今度は強く声に出して言った。

この時、「作品」は「小説」となった。長い長い時を経て、著者が埋め込んだ伏線がくっきりとその「解」を表わし、読者は不思議な「時」の持続をしたたかに味わされるのだ。

志村からの助力、ジンブンを断念せざるを得なくなった主人公、信平は独力で自分の考えを訴える方法を探らざるを得なくなる。

そのヒントが、いつか芸大生が揚げていた凧であった。

その凧を米軍基地の周囲から何千となく飛ばす。英文で、いやもっと多くの、何ヶ国語かの言葉で書かれたメッセージを貼りつけて。そのメッセージとは、それこそ著者が何十年もの長きにわたって考え続けてきた次のような短文である。読者にとってはもう周知のことであるが、ここでもう一度繰り返そう。

人類の間に起こる争いごとを無くすことは不可能である。なぜなら、それが人間だからだ。

しかし、争いごとに用いられる武器・兵器を無くすことは可能である。なぜなら、それは〝物〟だからだ。


さて、志村は生き伸びるか、凧は揚がり、そのメッセージは世界中へ伝えられるか。それは読者一人一人の想像力にまかされている。

少年時代の初発から奔放な青春彷徨を経て、現実社会に鍛えられる壮年、やがてそれは全生涯を貫く思想となって、大空へ高々と舞い上がる。全篇は縦横につながり、現実は対象化され、そして未来は読者へ！　これこそ小説の神髄であろう。

著者略歴

宮城信博（みやぎ・のぶひろ）

1946年石垣市生まれ。早稲田大学政経学部卒。

八重山料理店「潭亭」主人。

著書に『北木山夜話』（潭亭）、同書増補改訂版『八重山日和り』（文藝春秋企画出版部）

弦月《げんげつ》

2019年11月28日

著　者　宮城信博

発　行　「弦月」刊行委員会

発売元　沖縄タイムス社
〒900-8678　那覇市久茂地2－2－2
電話：098-860-3591（出版部）

印刷所　株式会社 東洋企画印刷

ISBN978-4-87127-693-1